若き友よ

五木寛之

幻冬舎文庫

若き友よ　目次

本文イラスト　村上　豊

学生生活の最後の旅

Aさん。

大和《やまと》の旅はいかがでしたか。

卒業を今春にひかえて、大学生活の最後の旅を大和・葛城《かつらぎ》の古道をたどる単独行にきめたあなたの気持ちが、ぼくには素直にわかるような感じがします。

旅は道づれ、と、むかしからよく言われますね。たしかにそのとおりです。ぼくもこの年齢《とし》になってさえ、だれか気心《きごころ》の知れた仲間といっしょに旅をしたいと思います。美しい風景を見ても、思いがけない珍味にありついても、おたがいに顔を見合わせてその感動を語りあう相手がいなければ、旅の楽しさは半減してしまうでしょう。

だから、旅は道づれ、なんですね。

しかし、人間はときどき、ひとりになりたくなる瞬間《しゅんかん》があるものです。人恋しさを痛いほど感じつつ、それでも妙に他人をさけたい気分。

だれしもそういう不思議な孤独願望《こどくがんぼう》におそわれた記憶が、一度や二度はあるんじゃないですか？

ぼくは、それはとても貴重な体験だと思うのです。人間がたったひとりで、裸の自分と向きあう瞬間なんて、そうざらにおとずれてくるもんじゃありません。

だからあなたが学生生活の最後の旅行を、ひとりで試みようと決心したのは、とてもいいことでした。

以前、大学の近くの喫茶店で、学園祭のイベントのひとつとしてぼくの講演を企画したスタッフといっしょに、短いおしゃべりの時間をすごしたことがありましたね。

あれはたしか十一月の下旬のことだったと思います。まるで絵に描《か》いたような蔦《つた》のからまった喫茶店の窓際《まどぎわ》で、ほとんど落葉してしまった蔦の葉が一枚だけけなげにしがみついているのを、オー・ヘンリーの短編みたいだと皆で笑ったことをおぼえています。

あのとき、ぼくは本で読んだばかりの知識の断片を、あなたたち若い学生を前にしてしゃべりました。それは、講演のなかで時間がたりなくて言い残してしまった話の一部でした。

「人間、という言葉は――」

と、ぼくはいささかキザな口調になることを意識しながら、まるで若い大学講師にでもなった気分でしゃべったはずです。

「人と人との間に生きる存在、というサンスクリットの中国語訳なんだそうだよ。人類という生物学上の用語とくらべると、なんだかずいぶん含蓄《がんちく》のある表現だと思う。だから人間というやつは、もともと孤独には生きられない存在なのかもしれないね」

「人と人との間に生きるもの――ですか」

と、そのときあなたがリモージュのティー・カップをみつめながらつぶやいた口調を、ぼくはいまでも思いだします。その声には、とても苦しげな響きがあって、ぼくは、おや、と、あなたの顔を見直したくらいでした。

あなたは自分のことを、本当は人間嫌いなのだ、と言っていましたね。でも、そんな自分がうとましくて、無理に社交的に、明るくふるまっている、とも話してくれました。

また、あなたは、自分の顔色がどこか青白く、表情や動作に若者らしい活気がないと、自分のことをとても気にしていたようです。

そんなことはないよ、と、ぼくが否定するのを、あなたは単なる社交辞令と受けとっていたようだ。あなたの微笑は、それをはっきり示していたように思います。

しかし、Aさん。

ぼくは案外、正直な人間なんですよ。いや、本当のところは、無神経で残酷《ざんこく》なタイプなのかもしれません。

ぼくは、はっきり言って、リンゴのような赤い頰《ほ》っぺたの少女だけが青春のチャンピオンだなどとは、思っていないのです。

若さとは、元気ハツラツとして、はじけるように快活な姿だとも考えません。

青春という時期は、ある意味では、どうしようもなくみすぼらしい、残酷な季節ではないかと、昔からひそかに感じてきました。ですから、ぼくは〈凄春《せいしゅん》〉という字を勝手に使ったりもします。

人間嫌い、というのも、ひとつの青春のありようです。もの思いにふけりながら、自分の同級生たちがいきいきとグラウンドで跳《は》ね躍っているのを、ひとりでじっと眺《なが》めているような青春も、あっていいのです。

あなたは幼いころから、努力して皆の人気者になるようつとめてきた、と言いましたね。そして、Aさんはいつも明るくっていいなあ、と言われるように無理してふるまってきた、でも、ひとりになったとき、そんな自分に耐えがたい嫌悪《けんお》感をおぼえる、といつか手紙に書いていました。

しかし、あなたがそんな自分を、少しも気にする必要はないと思うのです。むしろ、そういった〈悩める青春〉こそ、青春の名にあたいする本物の若さだと信じているのです。

Aさん。

人間とは人と人との間に生きる存在です。そのことは古代インドの哲学者に教えられるまでもなく、私たちは感じています。

しかし、そうだからこそ、ときとして他の人々と自分との、どうしようもないギャップ、感覚《センス》や思想、個性や立場の差を痛いほど感ぜずにはいられないのです。人間とは、ひとりひとりが、それぞれ異なった存在でもあるのです。親と子は別々の人格ですし、親友も、恋人も、兄弟姉妹もまたそうではないでしょうか。

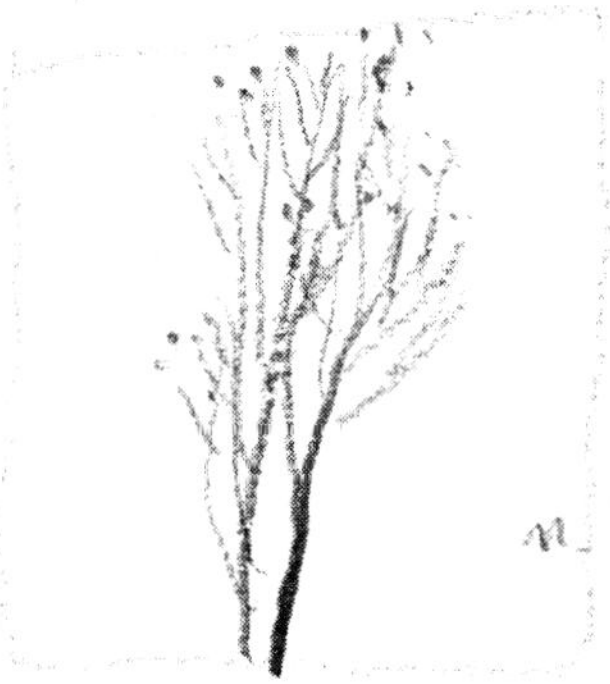

あなたは学生生活を終えて、ジャーナリズムの世界に就職すると聞きました。人嫌いのあなたにとって、それはまったく自信のもてない選択《せんたく》だとも書いていました。

そんな心配はないと、ぼくは断言します。ぼく自身も、また同じタイプの人間なのですから。

葛城の古道をたどってゆくと、風《かぜ》の森峠《もりとうげ》という小さな峠にたどりつきます。そこは風の神をまつったほこらのある場所です。大和の風と紀州《きしゅう》の風とを分かつその峠道で、あなたはなにを考えたのでしょうか。

こんど会ったときには、ぜひそのことをきかせてください。ぼくは風が大好きなのです。朝鮮《ちょうせん》半島の言葉で、風はパラムというそうです。ぼくもあなたも、〈風の旅人《パラムンナグネ》〉のひとりとして、さまざまな人生の旅をつづけている人間です。この手紙が、あなたの旅の遠い道づれになれたらどんなにうれしいことか。それをひそかに願いながらペンをおきます。

ピアノ調律師《ちょうりつし》をめざす友へ

Bくん。

京都はいかがですか。

初夏の京都の風情《ふぜい》が目にうかぶようです。

先日の電話では、新しい学校での生活にも慣《な》れたようで、なによりです。

じつは、ぼくが昨年の暮れ、あなたから相談を受けたときは、ちょっとびっくりしたものでした。

せっかく進学した音楽大学を中途《ちゅうと》でやめて、専門学校へ移るというのですから。

それもピアノの調律師という、わが国ではまだ本当に立場が確立されていない職業をめざすという話なのです。ご両親も最初は反対だった由《よし》、ぼくにはわかるような気がしないでもありません。

しかし、あなたの選択《せんたく》は、率直《そっちょく》に言ってかなりの冒険ではありますが、非常におもしろいと思います。

人生には、野心と同様に、断念《だんねん》も重要です。よく月並《つきな》みな教育者が、〝ボーイズ・ビィ・アンビシャス〟などと教訓がましく教えたりしますね。ああいうのは、ぼくは好きではありません。

アンビシャスであれ、といいますが、それがなんのために、なぜ、どのように、という根本理念《こんぽんりねん》が欠けているように思われるからです。

かつて明治の青年たちを育てたクラーク氏は、信仰のあつい人物でした。ヨーロッパの人間たちの思想の背後には、かならずキリスト教の影がさしています。本人がそれを意識するとしないとにかかわらずです。

ですから、はっきりそう表現はしていないかもしれませんが、クラーク氏の言葉はあの有名なフレーズだけで終わっているとは考えられません。そもそもあの有名なコピーの由来に対しても、最近ではいろんな議論があります。しかし、それはともかくとして、

〝ボーイズ・ビィ・アンビシャス〟という言葉のあとに、きっと、〝フォア・なになに――〟という言外のメッセージがつづくはずだと言った人がいます。

あなたは演奏家になる道を放棄《ほうき》して、いわば職人の人生を選択した。そこには単なる世俗的な野心ではなく、なにかしら大きな断念があるように感じられます。しかし、それは貴重な挫折《ざせつ》であり、みずから選んだ進路変更であることにおいてすばらしいと思うのです。

幼いころからピアニストをめざして練習の日々を送ってきたあなたが、ピアノの演奏家として自立する才能に欠ける、と自分を評価したことは決して敗北ではないはずです。

ピアノにかぎらず、音楽の世界は華やかなソリストやスター演奏家だけで成り

立っているわけではありません。

音楽はそれを支えるアルチザンたちや、熱心な聴衆《ちようしゆう》や、支持者や、その他のさまざまな人々によって創《つく》られてきたものです。

Bくん。

あなたは、自分の才能に絶望したのではなく、それを見きわめて、もうひとつの別な音楽人への道を選んだのです。断念は同時に発見でもあります。

ぼくはその世界のことに無知なので、ピアノ調律という仕事が、わが国でどのように成立しているのか、よくわかりません。

しかし、京都にそのための職業教育を専門に行う学校ができたことはきいていました。そこで学ばれたあと、あなたがどういう仕事をしてゆくか、ぼくにはとても興味があります。

勝手なアドバイスをさせてもらえば、あなたは学校で資格をとっただけでなく、ぜひヨーロッパへ行かれるべきでしょうね。

そのためには、お金も、時間も必要ですが、しかしピアノ調律という仕事が、技術であると同時に創造的な仕事でもあるという観点に立つならば、あなたは演奏家以上に、ピアノ音楽が生まれ、それが育った風土《ふうど》と人間とを身をもって体験したほうがいいと思うのです。

いわゆるクラシック音楽は、いうまでもなくヨーロッパに成立したものです。それが世界的なひろがりを見せた現代でも、その根のところにはヨーロッパとキリスト教があります。

先日、ぼくはバイオリニストの前橋汀子《まえはしていこ》さんがライフワークとして完成させた〝バッハの無伴奏ソナタとパルティータ〟の録音を聴きました。

ぼくにはその演奏の細部にわたる技術的批評《ひひょう》はできません。しかし、それはじつにすばらしい音楽でした。感動的なバッハでした。

おおげさにいえば、その曲ひとつあれば、ほかにもう音楽はいらない、とまで錯覚《さっかく》させるほど美しい演奏でした。

その演奏がぼくらをこれほど感動させるものは、前橋さんのバッハによせる深い傾倒《けいとう》と、情熱と、そしてこの曲をひとつの祈りとして録音した姿勢だと思うのです。前橋さんがどんな信仰をもっているのか、ぼくは知りません。しかし、彼女の弾《ひ》くバッハは、まごうことなくひとりの演奏家のバッハへの信仰告白《こくはく》となっているように感じるのです。

日本人でいながら西洋の芸術にたずさわることは、人々が考えている以上に困難な仕事ではないでしょうか。バイリンガルの若い日本人も続々と出てきている現在ですから、国際的な感受性の持ち主も次第にふえているにちがいありません。しかし、それでもなお、ぼくにとって西欧は近くて遠い世界なのです。

明治以来、百年以上の時間がたちましたが、その東と西の深い淵《ふち》はますますくっきりと見えてくるばかりです。

Bくん。

あなたをはげますつもりの手紙が、なんだか悲観《ひかん》的な感想になってしまいました。

まあ、楽しくやってください。大いに遊んで、大いに勉強して、大いに旅行をして、そして才能のあるピアノ調律師として自立してください。

先日の電話で、あなたはウィリアム・モリスの展覧会を見て、とても感動した、と言っていましたね。彼の作品の絵葉書を買ってきて部屋の壁にピンでとめている、ともききました。

モリスもまた断念の人です。そして同時に自分の進路を選択し発見したあなたの先輩です。彼はアーチストとアルチザンとを差別しませんでした。その思想の背後には、〝神は細部《さいぶ》に宿りたもう〟という感覚があります。

Bくん。

六月には京都で会いましょう。こんどはぼくの断念と発見のことをきいてください。いまイタリアの旅の途中でこの手紙を書いています。土産《みやげ》のことも楽しみにしていていいですよ。では、再見。

想い出のミュージアム

Cくん。

先日は講演の旅先から八女茶《やめちゃ》をわざわざ送ってくださって、ありがとう。

このところずっと缶《かん》のウーロン茶ばかり飲んでいたので、みずみずしい香りが匂《にお》い立つような緑茶は、古い表現ですが旱天《かんてん》の慈雨《じう》、といった感じでした。やっぱり八女のお茶はすてきですね。

講演先の八女の人たちから、いろいろぼくのことをたずねられたそうですが、ぼくが四半世紀もの間、郷里《きょうり》の八女にちゃんとしたかたちで帰らないのは、別に厄介《やっかい》な理由があるわけではありません。

いろいろと想像して、あれこれおもしろいお話を作りあげている人たちもいるようですが、事実はもっと単純な理由からです。

八女はぼくの両親の出身地で、ぼく自身もそこで生まれました。そしてまもなく、両親とともに外地《がいち》へ渡りました。

その後、ぼくは外地で敗戦を迎えて、やがて両親の郷里である九州の八女へ引き揚げてきました。当時の八女は、まだまだひなびた風情《ふぜい》の漂《ただよ》う農村地帯で、ことに両親の実家のあった山間の村落には、電気も水道もきていませんでした。夕方になると古い「家の光」を破ってランプのホヤを磨くのです。

いまでは立派な道路もでき、近代的な設備がそろっているとききましたが、ぼくの想い出のなかの故郷は、ランプの薄暗い光のなかにぼんやりかすんだままです。そして、そんな牧歌《ぼっか》的な山間の村のイメージを、ぼくはこよなくなつかしく思い、ひそかに愛してもいるのです。

明治の詩人が何十年ぶりかに故郷へ帰ったときの日記を読んだことがありまし

た。その詩人は、自分がむかし通《かよ》った小学校の建物を見て、それがあまりにも自分の記憶のなかの学校と異《こと》なっていたことにショックをおぼえるのです。

〈――こんなはずではなかった。学校の建物は、もっと床《ゆか》しかったはずだ。こんなはずではない〉

その詩人の嘆《なげ》きが、ぼくには身にしみてわかるような気がします。

東京でオリンピックが開催されたころから、日本全土は劇的な高度成長の道を走りはじめました。いま、戦中、戦後のおもかげを残した町や、村は、ほとんどありません。すべてが変わり、すべてが過去を押し流してしまったのです。

Cくん。

きみは、ぼくがかつて過ごした故郷の村に帰らないのを、ふしぎに思いますか?

ぼくは本当は帰りたいのです。あの、ランプの光に照らされた農家の居間へ。そこでひとつの鍋《なべ》を囲んで食べたダゴ汁の味。終夜、枕《まくら》もとにきこえていた川の水音。庭に実った真っ赤なグミの実。友達と追ったメジロの声。朝露を踏んで掘った竹林のタケノコの重さ。テレビどころかラジオさえなかったあの静寂《せいじゃく》。ぱっくり割れた紫色のアケビの味。それらのすべてと再会させてくれるはずの八女の飛形山《とびかたやま》の山腹の郷里へ帰りたいのです。

しかし、戦後の一時期をぼくがすごした故郷は、もうすっかり変わってしまっているにちがいありません。それが当然なのです。

数年前、ぼくは友人とともに韓国を訪れました。釜山《プサン》から北上してソウルまでの旅の間に、ぼくはかつて幼年期をすごした村や町を必死で訪ねまわりました。

しかし、絶望的なほどに韓国は変わっていました。あの朝鮮戦争の砲火《ほうか》は、かつての町や村の姿だけでなく、自然の地形さえも一変させてしまっていたのです。論山《ノンサン》という町を歩いて、ぼくはほとんどなにひとつむかしの記憶を追体験することができませんでした。母が勤めていた学校、消防署の望楼《ぼうろう》、アカシアの並木の美しかった大通り、遠足にでかけた公園。それらはかき消すように地下から消《しょう》滅《めっ》してしまっていたのです。

ぼくの幼年期の想い出は、いまどこにもよりどころがありません。それは単なる空想にすぎなかったのではないか、とさえ思えるくらいです。

ぼくは大切な過去の想い出の片方を、完全に失ってしまった人間です。そんなぼくに残された八女の少年期の記憶は、かけがえのない宝なのです。

ぼくはそのイメージを大切にしておきたいのです。いつでも心の深いところから取り出して追憶にふけることのできる変わらぬ魂の故郷として。

〈こんなはずはない！〉

と、思わず絶句した詩人の心の奥で、昔の小学校はさぞかし美しい建物だったにちがいありません。ぼくの想い出のなかの八女もそうです。ぼくはそのイメージをだれにもこわされたくないのです。修正されるのさえ、断じていやです。

高ボクリ（下駄《げた》）をはいて学校へ通った山あいの道は、雨が降ると数えきれないほどの小さな沢ガニで埋まったものです。父を手伝って茶店をやっていた小栗《おぐり》峠《とうげ》は、木炭車がかならず停《と》まって炭や水を補給していました。久留米《くるめ》へ行くには、アップダウンの多い道をチンチン電車に揺られて一日がかりで出かけなければなりません。福島町の高校の庭には紫色の藤の花が満開で、旧八女中学のあった羽犬塚《はいぬづか》は大都会でした。駅前の商店のガラス戸には、岡田英次《おかだえいじ》、久我美子《くがよしこ》主演の〈また逢《あ》う日まで〉の映画ポスターが貼《は》ってあります。堀川バスの斜め向かいの岩田屋。春日《かすが》八郎がやってきて〈赤いランプの終列車〉をうたったときには、唐人町の公民館の前に長蛇《ちょうだ》の列ができたものです。

そんな時代が二度と帰ってくることはありません。だからこそ、ぼくにとって八女はかけがえのない回想《かいそう》のミュージアムなのです。

昔、いっしょにメジロを追いかけた友達は、きっと堂々たる地方名士《めいし》になっていて、肩書のたくさんついた名刺をくれるのではないでしょうか。コッペパンが天上の菓子のように思えたパン屋さんも、たぶん近代的な店舗《てんぽ》に変わっているはずです。

それともなくなっているかもしれません。

ぼくはぼくだけの八女を大事に心のなかにしまっておきたいのです。ぼくの想い出を、そのかけがえのないイメージをうばわれたくないのです。わかってくれますか?

蕗谷《ふきや》虹兒《こうじ》の絵葉書から

Dさん。

新発田《しばた》からの葉書、今朝《けさ》とどきました。いそがしいスケジュールのなかで、いつもこまめにお便りをくださる気持ちをとてもうれしく思っています。

新発田で蕗谷虹兒記念館をごらんになったそうですね。不勉強でそんな記念館が新発田にあることを知りませんでした。いつかぜひおとずれてみたいと思います。

絵葉書の絵の写真をひと目みたとき、これはだれの作品だろうと、すこぶる興味をそそられました。一九二〇年代から三〇年代にかけてのヨーロッパの画家の絵にちがいないと思ったのです。

それはなんともモダンで、新鮮な感じのするイラストレイションでした。エッフェル塔らしき形と、さまざまな都市生活の断片が画面にびっしり描《か》きこまれています。軽やかで詩情があり、新鮮でかつ理知《りち》的な画風です。

それが蕗谷虹児のパリ滞在中の絵だと知って、一種のショックを受けました。

ぼくは蕗谷虹児という画家について、ほとんどなにも知りません。ただ漠然《ばくぜん》と、抒情《じょじょう》的な少女の世界を中心に仕事をした日本的なイラストレイターだと受けとっていたのです。

それは単なる印象にすぎません。どこからそんな固定観念が生まれたかは自分でもはっきりしないのです。しかし、ただ理由もなくそんなイメージが自分のなかに固まっていたのでした。

しかし、あなたが送ってくれた一枚の絵葉書の絵は、そんな薄っぺらなぼくの先入観をものの見事にうちこわしてしまったのです。

蕗谷虹児って、こんな絵を描く人だったのか！　ぼくはしばらくその絵をみつめながら、私たちが心のなかに抜きがたくいだいている固定観念《こていかんねん》のおそろしさに、驚きかつ呆《あき》れたものでした。

この絵のなかに漂っているのは、まぎれもなくあの激動の時代の雰囲気《ふんいき》です。エンパイア・ステート・ビル。アール・デコの匂《にお》い。キュービズムと構成主義の感覚。そんななつかしくも魅力《みりょく》的な時代の色が、蕗谷虹児の絵からくっきりと浮かびあがってくるのです。

明治以来のいわゆる画壇《がだん》の本流とは無関係に、独自の絵の王国を築きあげた数々の画家たちをぼくらは知っています。学校の教科書に名前の出てくる人々とはちがいます。そして、そういうアーチストたちの仕事こそ、きっと百年、二百年後には、かつての江戸の版画家たちのように世界の表現者の心を惹《ひ》きつけるにちがいないのです。

最近、地方にずいぶん豪華《ごうか》な美術館が出現するようになりました。なかには観光バスが何十台も停《と》まるような大規模な美術館もあります。

入場料のほかに、レストランでの食事代や、喫茶代や、パンフレット、絵葉書などの費用をあわせると一万円ちかい出費になるという信じられない美術館もあるという。

それはそれでいっこうにかまわないと思います。しかし、美術館とディズニーランドとのちがいはめってほしいじゃありませんか。

絵を見るには、孤独な雰囲気が不可欠《ふかけつ》です。整理員にどなられながら、人垣のかなたにちらと有名画家の作品をかいま見るなんて、まっぴらですよね。

「立ち止まらないでください！」

と、整理員が大声で叫び、ほこりの舞う館内にはむっと人いきれがたちこめる。

そういう展覧会をいやだというのは特権階級の感覚のようで照れくさいのですが、やはり絵はしーんとした気分で見たいもの。

酒は静かに飲むべきもの、絵もひっそりと眺《なが》めるべきもの、というのがぼくのひそかな思いです。そんなことを言っていると、なんだか自分が時代おくれの人間のように思えてきて、いささか口ごもるところがないでもありません。

しかし、Dさん。

あなたはとてもいい美術館をみつける天才ですね。

これまでも、旅先から何通かの絵葉書をいただきました。そのどれもが感じのいい美術館からのお便りでした。売店でどの絵葉書にしようかな、と迷っているあなたの表情が目にうかぶようで、とても心がなごみます。

ぼくが大事にしている一枚の絵葉書をこの手紙に同封してプレゼントしましょう。これはいまから二十四年前、ぼくがはじめて北欧《ほくおう》のノルウェーへ行ったときに買い求めてきた絵葉書です。

その年の初夏、ぼくはオスロにいました。ちょうどムンクの百年祭とかで、前年、完成したばかりの真新しいムンク・ミュージアムをおとずれたときの記念に買った絵葉書のなかの一枚です。

当時、ムンクはまだ日本では大してポピュラーな画家ではありませんでした。でも、ぼくはその美術館でムンクの数々の絵を見て、たちまちその魅力のとりこになってしまったのです。有名な「叫び」のシリーズも、そのときに見ました。どの絵もじつにむぞうさに、手をのばすことさえもなく触れられる場所に、あっさりと掛けてあったのです。

木材をたっぷりと建築に使用したあの美術館も、いまはかなり古びた建物になっているのでしょう。そのときはまだ木の香りがプンプンしていたのですが。

ムンク美術館には、その後も何回か足を運んでいます。入場者も、そのたびごとに多くなってきていました。でも、ぼくはまだ開館まもないころの、あのひっそりした館内で対面したムンクを忘れることができません。

どうぞこの絵葉書を眺めて、そのときのひんやりした空気を想像してください。

ではまた。

F1レースと鈴鹿8耐

Eさん。

先日は留守にしていて申し訳ありませんでした。せっかくお訪《たず》ねくださったのに、無駄足《むだあし》を踏ませてしまったことが気になってしかたがないのですが、じつは例年七月の最後の週末、かならず旅に出ているのです。

行先は鈴鹿。

夏の鈴鹿もうでが習慣のようになってしまって、もうずいぶんたちました。

Eさんは鈴鹿という街をご存じでしょうか。

〽坂は照る照る
　鈴鹿は曇る

という唄《うた》の文句を子供のころに耳にしたおぼえがありますが、ぼく自身もむかしは鈴鹿といっても三重県の一地方ぐらいの認識しかありませんでした。

鈴鹿がどこにあるのか、正確に知っている人は案外少ないんじゃないかと思います。

三重県というのも、なんとなく印象の薄い土地ではあります。青森とか、福岡とかいったアクの強い県とちがって、どことなくサラッと薄味の気配がしませんか？

そうですね、伊勢《いせ》神宮と松阪牛。それにかつての四日市《よっかいち》の公害とか、そのくらいの印象しかないのがおおかたの現状でしょう。

地元の人には常識でも、一般の人々というのは意外に無関心なものなんですよね。先日もテレビのクイズ番組で、金沢市の所在県を質問したら、青森、と答えたり、知りません、と首をかしげたり、福井じゃないですか、と言ったりで、なんともふしぎな気がしたものです。

ヒントをあたえるために、司会者が〈津軽海峡冬景色《つがるかいきょうふゆげしき》〉などと、よけいなことを口走ったのも失敗なんです。司会者は、石川さゆり、の連想から、石川県と答えさせたかったようですけど。

それはさておき、三重県には世界に冠たる名物があります。鈴鹿サーキットがそれです。

F1の日本グランプリが行われているのも、この鈴鹿サーキット。オートバイのワールド・チャンピオン大会も開催されます。

それにもまして、ぼくが鈴鹿を思うとき、まず頭にうかぶのは、鈴鹿の8耐《はちたい》、すなわちオートバイの8時間耐久レースのホームグラウンドが鈴鹿サーキットであるということです。

この8時間耐久レースは、毎年、七月の最後の土、日曜を中心に開催されます。

ぼくは十数年前の夏、ちょっとしたきっかけからこの8耐を観戦し、それから今日まですっかり8耐のファンになってしまいました。

夏が近づくと心が騒《さわ》ぐのです。七月の8耐が終わると、本当の夏はそれからなのに、なぜか自分の夏が終わったような気分になってしまいます。

F1も興味ぶかいスポーツですが、あの自動車レースは、日本の風土には根づかないしろものだと思います。

F1は、ヨーロッパの王室、貴族、上流社会と深くかかわりあったスポーツです。そこには二十世紀最後のスノビズムと、ゴージャスさの極《きわ》みが結晶《けっしょう》しているのです。

たしかに走るだけなら日本のコースも上出来でしょう。しかし、F1は走るだけのスポーツではありません。

そこに集まる観衆《かんしゅう》や、ホテルや、ナイト・ライフや、そのすべてがシンフォニーのように重なりあって、世にもまれな世界を創《つく》り出すのですから。

F1レースには、豪華《ごうか》な趣味のよいホテル群が必要です。ヨットでやってくる金持ちたちのための港《みなと》が必要です。ジェット機の空港も欠かせません。

それに、なににもまして、レースの当日をはさんでくりひろげられるパーティーや社交《しゃこう》、タキシードやイブニングの似合う場所が不可欠なのです。

F1はそんな時代錯誤《さくご》の遺風《いふう》をひきずっているところに真面目《しんめんもく》があると思うのです。オペラと同じです。F1は民主主義とは正反対の世界だからこそ魅力《みりょく》があるのです。

そんなわけで、日本の風土にF1だけを持ってきても、しょせん木に竹をついだような寒々しいものになってしまう。

金があればなんでもできる時代ではありますが、F1の全体を運んでくることはできないのです。

ですから、Ｆ１はそのほんの一部しか日本では味わうことができません。しかし、それにくらべて、８耐のオートバイレースは、日本そのものです。

当日には全国から若者たちが鈴鹿に続々と集まってきます。東北からも、九州からも、夜を徹《てつ》して走ってくるのです。寝袋《ねぶくろ》や毛布を荷台にくくりつけて、何日もかけて鈴鹿をめざして集まります。親の金でメルセデスやポルシェを買うような金持ちの学生たちは、８耐をドンくさいと言います。

低所得者層《ていしょとくしゃ》のモーター・スポーツ、とからかった人もいます。たしかに鈴鹿の８耐は働く青少年や、ごくふつうの庶民《しょみん》大衆が土台になっています。

だが、Ｅさん、できたらぜひ一度、鈴鹿の８耐へ遊びにいってみてください。

そこには、まごうことなき二十世紀末の日本と日本人の姿があります。汗と、火照《ほて》る肌と、疲労と、そしてレースの終わったあとの熱狂と虚脱《きょだつ》感が、色濃くたちこめていて、胸が苦しくなるほどです。

この夏の８耐に集まる若者たちのことを、ぼくは以前、現代のお伊勢参りにたとえました。

鈴鹿サーキットは、彼らの聖地なのかもしれません。

少年のころ、恋人とゴムぞうりをはいてサーキットへもうでた男たちが、家族づれでやってきます。昔はバイクだったのに、いまはワゴン車だったりします。

そんな鈴鹿の夏が、ぼくは大好きなのです。今年もそんなわけで、無理をして夜の電車で鈴鹿へ行きました。来年もまたそうすることでしょう。

ですからEさん。毎年、七月の最後の週末はぼくは自宅にいません。その日をはずして顔を見せてください。よろしかったら、いっしょにサーキットへいかがですか?

夏の SUZUKA の季節を前に

Fくん。

お元気ですか。

そちらはかなり暑い日がつづいているようですね。いま、ぼくが泊まっている箱根《はこね》のホテルでは、全館にクーラーがはいっており、いっこうに避暑にきたという感じがしません。

さて、先週、きみの御父上であるK氏から電話をいただきました。

きみも知るとおり、きみの父上とぼくとは古い友人です。ぼくと同じ大学に在学していて、若いころはいっしょにずいぶん無茶《むちゃ》をしたものです。

年こそぼくより四歳下でしたが、当時からおっとりと大人《おとな》の風格がありました。仲間でなにかもめごとがあったりすると、いつも彼がなかにはいって、うまくまとめてくれたものです。

現在、かつて専攻《せんこう》したフランス文学とはまったく関係のない実業界で、ひとかどの地位を築きあげたのも、彼の性来の資質がものを言ったのでしょう。

きみの父上は学生のころ、一時、小説家志望だったんですよ。同人《どうじん》雑誌に短編をのせたこともあります。おそらくそのことは、きみも知らないんじゃないのかな。

ときどき昔の仲間が集まって、その話が出たりすると、彼はほんとに必死になって否定するのです。ちっとも恥ずかしがることなんかないのにね。

でも、その短編の題名が照れくさいんだと思います。

〈風花《かざはな》日記〉とかいう題で、北陸の旅で会った温泉宿の手伝いの少女との淡《あわ》い思い出を描いたものでした。

いまはすっかりふとって、堂々たる社長さん体型ですが、学生時代の父上は五十キロそこそこの蚊とんぼみたいな痩《や》せっぽちでした。たぶん川端康成《かわばたやすなり》が好きで、〈伊豆の踊子〉の影響をうけた小説だったのでしょう。

むかし話はさておいて、先週、きみの父上がぼくに電話をかけてこられたのは、きみのことでした。

要するに、息子である高校生のきみを、来月末に鈴鹿で催《もよお》される8耐《はちたい》（8時間耐久オートバイレース）に、なんとか連れていってもらえないだろうか、という依頼《いらい》だったのです。正直いって、ぼくは一瞬、むっとしました。

なぜ、むっとしたのか、それはじつにささいなことです。

これから書くことすべてが、ささいなことかもしれません。本当はとるに足らないことばかりとも言えるでしょう。

しかし、ぼくは正直に自分の感じたとおりを書くことにします。この年になると、怒りたいときは怒り、むっとするときには率直にむっとしたほうが、自分自身で気持ちがいいからです。

ぼくがむっとしたのは、きみが自分の口から8耐へ連れていってほしいと、ぼくに直接たのまなかったからでした。

Fくん。

無遠慮にききますが、きみはなぜぼくに直接、手紙を書くなり、電話をかけてこなかったのですか？

直接そんなことで連絡するのが失礼だと考えたのでしょうか。

そんなことは気にする必要はないのです。なにかを年長者に頼むときは、礼儀《れいぎ》正しく直接に言えばいい。

「うちの息子が鈴鹿のオートバイレースに行きたがってるんだが、ひとつぜひ連れていっていただけないだろうか。あなたは毎年、若い連中《れんじゅう》といっしょに出かけてるそうだから」

と、きみの父上は電話でおっしゃったのです。

そんなことは親がわざわざ頼むことじゃない、いくらなんでも過保護《かほご》じゃないか！　と、ぼくはむっとしたのでした。

たしかにぼくは毎年、鈴鹿サーキットの8時間耐久レースに仲間を引きつれて出かけています。十年あまり、それが夏の行事になってしまいました。

そのことを前に父上に話したこともあります。きみは、父上からそれをきいて、今年の夏、いっしょに同行したいと申し出てきたのでしょう。

しかし、それならそれで自分でぼくに頼めばいい。きみから手紙といわず、電話の一本でもあれば、ぼくはよろこんできみをメンバーに加《くわ》えたはずです。

ぼくのように六十を過ぎた人間でも、8時間のレースのフィニッシュには胸が熱くなるのです。レースの終わったあと、十数万のファンの拍手をあびて、点灯《てんとう》したマシンの隊列《たいれつ》がウイナーを先頭にグランドスタンド前へ姿をあらわす一瞬は、鳥肌《とりはだ》が立つような気がします。

もし十代の若者だったなら、その十倍も百倍も感動するでしょう。炎天下《えんてんか》のコースを8時間走り抜いたライダーとマシンを、一生忘れないと思います。ぼくはぜひきみを夏の8耐に連れていきたかった。しかし、ぼくはきみの父上に断ったのです。その理由を書こうと思うのです。

Fくん。

十七歳といえば、もう子供ではありません。

自分のしたいことを父親に電話で頼ませるきみもきみなら、そんな息子の甘えをそのままぼくに頼んでくる父親も父親です。

「そんなことは自分で五木さんに頼みなさい。ぼくも口添《くちぞ》えの電話ぐらいしておいてあげるから」

これでいいのです。そしてきみの父上がぼくに、

「なんだかうちの息子がきみに頼みがあるそうだ、あとで連絡してくるから、すまんが話だけ聞いてやってくれないか。もちろん、だめならだめとはっきり断ってくれればいいよ」

と、そう言ってくれればそれでOKです。

しかし、きみはすべてを父親にまかせて、指をくわえていい返事を待っている。それが気に食《く》わない第一。

そんな息子の頼みを、いい年した大人がなんの抵抗もなくこっちに伝えてくる親バカさかげん、それが第二。

そんなことで、よく上場《じょうじょう》会社の社長がつとまるもんだ、と憎まれ口のひとつも言ってみたくなります。

もうひとつあります。

Fくん。

きみは十七歳だ。そして健康だ。しかも自分の単車《たんしゃ》を持っている。

それならなぜ、ぼくなどにくっついて8耐へ行こうとするのですか。自分で準備して、早くからチケットを入手し、バイクにシュラーフザックでもくくりつけて鈴鹿までトコトコ走ってゆけばいいのです。

十七歳というのは、そういう特権を持てる年なんですよ。ひとりで行くもよし。ガールフレンドをうしろにのっけていくもよし。鈴鹿の8耐には、沖縄からも、山形からも、若い連中が汗まみれでバイクでやってくるじゃありませんか、何万人もです。

テントを借りられる連中はラッキーです。サーキットのアスファルトの上に、ゴザを敷いて野宿してる少年たちが、どれほど多いことか。それでいいのです。8耐とはそういうものだし、若さとはそういうエネルギーにみちた年ごろなのです。

きみは自分自身で鈴鹿へ行くべきだ、というのがぼくの感じたことでした。ぼくら初老《しょろう》のオジさん、オジイさん連中にくっついて電車で出かけ、サーキット・ホテルのベッドで眠り、あわよくばVIPルームで涼しくレースを観戦しようなんて、とんでもない心得ちがいというものです。

Fくん。

ぼくがこんなことを書くのは、自分のためです。

決して若い世代への親切心からではありません。言わずにいると、腹ふくるる感じがあって、精神衛生上よろしくない。それで言わせてもらっているのですが、それでも旧世代のものの考えかたをきみたちが推測《すいそく》する上で、多少は役に立つんじゃないでしょうか。

さて、じつは去年の秋、鈴鹿で行われたF1レースに、きみよりちょっと上の大学生をいっしょに連れていったのです。その話を少しさせてください。

かりにQ青年としておきましょう。Q青年は、ぼくの担当をしてくれている出版社のQさんの親戚《しんせき》の子でした。F1のファンで、ぜひ鈴鹿へ行きたいと言ってるというので、それじゃアシスタントのつもりでいらっしゃいと連れていったのです。

これが大失敗。

同行した仲間は七人でしたが、もちろんQ青年は最年少のメンバーです。

まず彼は挨拶《あいさつ》というものが、まったくできない青年でした。

全員が駅に集合してそれぞれ久闊《きゅうかつ》を叙《じょ》しているあいだ、Q青年はついにひと言も言葉を発しませんでした。

「こちら、Q君。ぼくの担当者の紹介でいっしょに行きます。面倒《めんどう》見てやってください」

と、ぼくは仲間がやってくるたびに紹介しました。相手はそれぞれ、

「よろしく、ぼくは山口です」

とか、

「石原です。どうも」

とか、一応の挨拶をしてくれるのですが、当のQ青年ときたら、体をぐにゃぐにゃさせてうつむいたきりなんの挨拶もしないではありませんか。

「きみ、ちゃんと挨拶をしなきゃ。こんにちは、ぐらいは言ったらどうだい」

と、たまりかねたぼくがQ青年に言うと、なにか口のなかでもごもごとつぶや

きはしましたが、ほとんど相手の顔を見ようともしないのです。これには参りました ね。

その大学生は、ついに最後まで、はっきりとこちらにきこえるように挨拶をしませんでした。別れるときも、なんとなくもじもじしながら、別れていきました。

人の好意を受けたり、なにかの世話になったりしたときは、はっきりと「ありがとうございます」と言うべきです。年長者や目上の人や先輩からお茶やビールを注いでもらったときは、「すみません」ぐらいは言わなきゃ。

声をかけられたり、なにかを言われたときには、「はい」と返事をしたほうがいい。

〈挨拶〉〈感謝〉〈返事〉、この三つだけでも、きちんとやれば、あとは人それぞれの個性です。

それをしなかったために、例の大学生が去ったあと、全員が口をそろえて、

「次回はあの青年だけは呼ぶのはよそうぜ」

と、言いあったものでした。

いろいろ書きました。十七歳のきみに、いまさらこんな手紙を書いたのは、理由があります。本当は、若いきみといっしょに8耐へ行きたい、というのがぼくの本心なのです。以上のことを守れると約束してくれれば、ぼくは本当は、ぜひきみを連れていきたいのです！

Fくん。どうしますか？　自分で電話してきてくれることを期待しています。

四国松山ぶらりぶらり

Gくん、こんにちは。

元気でバンドやってますか。

ぼくも相変わらず旅行の日々を送っています。きみたちの用語でいえば、ツアーとでもいうのかな。それも、ワンナイト・スタンドのね。

先日からはじめての街を二カ所おとずれる機会がありました。

夏は毎年、四国へお遍路《へんろ》に出かけるのがしきたりです。

夏期《かき》大学という地元《じもと》新聞社の催《もよお》しが、ずいぶんと長くつづいていて、そこへ講師として招《まね》かれるわけ。

講演は好きじゃないけど、四国が気に入っているので、例年、よろこんで出かけているのです。

これが冬だったら、ちょっと二《に》の足《あし》を踏んでいるかもしれませんね。夏の四国、というところがいいのです。

まず松山へ。

そこからあちこち知らない町に出かけてゆく。さしずめ松山は前進キャンプというところでしょうか。

松山では全日空ホテルに泊まります。お城を正面に見る部屋が、とてもいい。旧藩主《はんしゅ》の建てた西洋館も、すぐ目の下に見えます。

松山はいまでも市電が元気よく走りまわっていて、これがとても気分がいい。料金は百五十円。

昼間ですと、ちょうどいいくらいに客が乗っていて、どこへでも気軽に行ける。子供のころは、電車の運転手さんにあこがれたものでした。

ぼくは小学生のころ、市電、いや当時ですと府電というのかな、とにかくあのチンチン電車で小学校へ通ったのです。運転手さんのブレーキさばきがじつにカッコよく思われて頭のなかで何度も運転の真似《まね》をしたものでした。

先日は、大街道（オオカイドウと読みます）からその市電に乗って、道後《どうご》温泉へ散歩に行きました。

これがすぐ近くなんですね。ガイドブックでよく見る共同湯は、リュックサックを背負った観光客の大行列。

八幡宮《はちまんぐう》の石段を上まで一気《いっき》に駆けあがったら、心臓がこわれそうにドキドキしました。

この神社の社殿は、なかなかデザイン的に美しい。国東《くにさき》半島の宇佐《うさ》八幡宮と、どこか共通の様式です。ぼくは神社の氏子《うじこ》じゃないけど、こんなふうにほこりまみれにしておくのは非常にもったいない気がしました。神社は日本の建築としてとてもユニークなものだと思います。

昔は、大和《やまと》地方では寺のことを〈カワラブキ〉と言ったという話を聞いたことがあります。仏教伝来《ぶっきょうでんらい》のころから、新しい外来《がいらい》文化のシンボルである寺院は、カワラで屋根をふいていたのでしょう。

それがどれほど当時の人々の目にエキゾチックに、かつ先進的にうつったか想像するとおもしろい。

神社はむかしもいまも、ずっとカワラを使っていません。

寺でも、日野《ひの》の法界寺の阿弥陀《あみだ》堂はカワラではなく、檜皮《ひわだ》ぶきです。ぼくはあの阿弥陀堂のゆるやかに先のほうで反《そ》り返った屋根の曲線が大好きです。直線を組みあわせた裳階《もこし》と呼ぶひさしも美しい。

日本人には石やカワラよりも、植物を使った建築のほうに心を惹《ひ》かれる傾向があるのでしょうか。

きみたちはエレクトリック楽器を使った音楽をやっていますね。

ロックにしろポップスにしろ、いまの音楽は金属質で強く硬《かた》い音が主流です。

そんな音のなかで暮らしていて疲れませんか?

ときには人肌《ひとはだ》によりそってくるような音が恋しくはなりませんか?

ならないです、と、きみが口を尖《とが》らせる様子が目にうかびます。

おそらく年をとっても演歌を口ずさんだりはしない世代のきみたちだと思います。しかし、反響《はんきょう》する音と、しみ込んでゆく音と、そのふたつの世界には風土《ふうど》とむすびついた必然性があるような気がしてなりません。

〽岩にしみ入る蟬《せみ》の声

と、むかしの俳聖《はいせい》はよみました。石にでも、岩にでも、音がしみ入ってゆくと感じるのは古人《いにしえびと》だけでしょうか。

道後温泉の八幡さまの石段から、遠く光る海を眺《なが》めながら、ふとそんなことを考えたのです。旅をしていると、こんななんでもないことを思いついて気持ちがほっとくつろぎます。

温泉の街では、小倉《おぐら》ミルクの氷を食べました。焼きものの店をひやかして、また市電で帰ってきました。

夕方まで部屋で仕事をして、夜の夏期大学の会場へむかいます。波方《なみかた》という、とても優雅《ゆうが》な名前をもつ町。

町の名前にふさわしく、落ちついた良い聴衆《ちょうしゅう》でした。舞台の上でしゃべっていて、きいている人たちの表情がわかるのです。こちらの話を本気できこうとしてくれていることがわかると、話がつい長くなってしまいます。

波方は片上伸《かたがみのぶる》の生まれた町だと教えられました。片上伸は、日本のロシア文学の先駆者《せんくしゃ》です。ぼくの学んだ大学のロシア文学科の創立の功労者でもありました。あまり地元の人たちはそのことを自慢したりしませんが、それはそれで奥床《おくゆか》しく感じられたものです。

夜、おそくホテルにもどってきて、新聞社のKさんと、いろんなおしゃべりを

しました。仕事をはなれて学生みたいな雑談をするのは、とても楽しい。

いまごろきみは、どこの町をまわっているのでしょうか。

公民館でも、喫茶店でも、やらせてくれる会場があればどこでもやるんだ、とはりきっていたきみたちの顔が目にうかびます。

バンドのきみたちと、夏期大学の講師のぼくと、同じ旅芸人みたいな気がします。お客がうんと入ってくれるといいですね。

体に気をつけて、元気な音楽をやってください。人の一生もまた、ツアーみたいなものなんです。それをつづけることが大事だと思います。

いつかきみたちのバンドを聴きにいきます。今年の夏は、地球全体のバランスが崩《くず》れたような変な夏です。これも温暖《おんだん》化の影響かもしれません。とりあえず旅をつづけましょう。

バンドの皆さんに、よろしく。

ときにはカメラを忘れて

Hくん。

ぼくはついに例のものを持たずに旅に出ました。

おわかりですか?

例のもの、ほら、ぼくがむかしから旅行にはかならずたずさえていったものです。

本当はそれを持たずに旅をしたいと、もう何年ものあいだ、ずっと考えつづけてきた例のもの。

もうおわかりですね。

苦笑していらっしゃるあなたの顔が目にうかびます。そうです。ぼくは、ついにやったのです。あれを持たずに、風のように軽いバッグをたずさえて二泊三日の北陸のドライブ旅行に出発したのです。

その名は、カメラ。

もう一度、あなたに自慢させてください。ぼくはついにあのふしぎな力を持つ機械から自由になりました。自分の眼と心のフィルムをとりもどしたと言ってもいいかもしれません。

ぼくはずいぶんながい年月、カメラとつきあってきました。ことに旅に出るときは、どんな場合にもそれを忘れることはありませんでした。カメラはいつのまにか、ぼく自身の感覚の一部と化していたようです。

ほら、映画やＴＶの技術者がロケーションに出かけたりすると、外の風景を指で丸いフレームをつくって、そこから眺《なが》めてみたりしますね。あれはレンズの枠《わく》のなかにどれだけの光景がおさまり、どれだけがカットされるかを測《はか》っているのですが、ぼく自身、どこかの街角に立って無意識のうちにそれと同じ動作をしたことがあります。

そう、無意識のうちにです。この風景を写真に撮《と》ろうと思うと、思わず広角《こうかく》レンズか、それとも望遠《ぼうえん》ぎみの長いレンズか、また周囲がカットされると対象がどう写るか、などとカメラのフレームのなかで外界を見てしまう。そんな馬鹿げたことはありません。人間の眼というやつは、どんなすばらしいレンズよりも最高の機能を発揮するのです。これだけの自由で多彩《たさい》な写真機など、二十一世紀になっても現れっこないのです。

その自分の眼を、いつのまにかぼくは失《な》くしかけていたのです。自分がカメラの一部になろうとしていることに気づいて、恐ろしくなったのは、もう何年も前のことでした。

ぼくはカメラが好きです。

写真という表現形式に、なんともいえない魅力《みりょく》を感じてもいます。カメラの機材そのものの、あの手触《てざわ》りや、重さや、シャッターの音質や、メカニズムにも惹《ひ》かれつづけてきました。

思い返せば、カメラとのつきあいも、ずいぶん長いものでした。

中学二年生のときに、はじめて手にしたベビー・パールという蛇腹《じゃばら》式の小型カメラがぼくの写真機との最初の出会いでした。

あのベビー・パールは、いまでもとてもよくできた実用的なカメラだと思っています。中学から高校へ、一九四〇年代から五〇年代への時代を、ぼくはそのベビー・パールでさまざまな角度から記録しました。

Hくん。

おぼえていますか?

ぼくがそのカメラを愛用していたころ、大ヒットしていた映画は、東宝のあの〈青い山脈〉でした。杉葉子《すぎようこ》と若山セツ子、そして若々しい高校生、池部良《いけべりょう》。ぼくが高校にはいってすぐ、テニス部に加わったのは、あの映画の影響だったと思います。すぐにつづけて〈山のかなたに〉という映画も作られました。

考えてみますと、あの時代は、良質の青春娯楽《ごらく》映画が興行的にも大成功をおさめるという、日本映画界にとって本当に幸福なみじかい季節だったのかもしれません。

主題歌のメロディーは、いまでも耳に残っています。そして、ぼくはベビー・パールに托《たく》して、地方の高校生の〈青い山脈〉のワン・ショットをせっせと撮りつづけたものでした。

あの時期には、自分の眼がレンズになってしまう、などと不安をおぼえることなど、一度もなかった。あくまでカメラは自分の愛すべき道具のひとつで、旅行に持っていっても、さんざん楽しんだあとに、じゃあ記念に一枚パチリ、という感じだったのです。

そして、大学のころ、友人の父君が外国から持ち帰ったコンタフレックスを、ことあるごとに借り出して使っていました。

やがて社会に出ると、必要に迫られて写真を撮るようになったのです。ぼくはキヤノンと、ローライコードと、そしていまでいう専門誌の編集部に就職してからは、あの図体《ずうたい》のでかいスピグラを使っていました。週に一回、グラフィックな新聞の表紙を撮るのも、ぼくの仕事のひとつだったのです。

スピグラはいろんな意味でおもしろいカメラでした。当時はまだ35ミリでアオリのきく写真機はありませんでしたし、それにスピグラをかついでゆくと、どんな場所でもほとんどフリーパスではいれたものです。新聞社＝スピグラ、という観念が一般にあったのでしょう。

その後も、写真とはずっと深いつきあいがつづいてきました。撮るだけでなく、撮られることも多くなり、やがてぼくのカメラは取材のメモがわりに使われるようになってきました。

旅に出るとき、ぼくはいつもコンパクトなカメラをたずさえて発《た》ちます。はじめてのソ連・北欧の旅のときは、オリンパス・ペンのハーフサイズのカメラと、キヤノンと、アサヒ・ペンタックスをかついで出かけています。

ぼくは旅の途中、これという印象をうけたときには、かならずカメラを取り出しました。そして、撮影ずみのフィルムを山ほどかかえて帰国したものです。

しかし、ここ数年来、ふとカメラを持たずに旅に出たいという気持ちになってきたのです。忘れてしまうものは、忘れてしまってもいい、永遠に記憶に残るものだけを自分の心に残して帰ってこよう、と思うようになってきたのです。しかし、それはとてもむずかしいことでした。

そして、やっとこんど、ぼくはカメラを持たずに日本海ぞいの道を車でたどる旅に出てきたところです。その結果は、帰ってお話ししましょう。楽しみに待っていてください。

みずからなぐさめる歌

Iさん。

あたらしいCDを送ってくださってありがとう。

あなたがたのグループが、いまもずっとロシア民謡をうたいつづけてこられていることを知って、いささか感動しました。

ロシア民謡。

なつかしい言葉ですね。

いまはご本家《ほんけ》のモスクワやサンクトペテルブルクでも、あまり聴かれなくなったようにも思えます。

世界中どこでもそうですが、若者たちはロックやビートのきいた音楽に夢中らしい。例のローリング・ストーンズも、ロシアへ行ったらしいですね。ミック・ジャガーからモスクワ公演の計画をきいたのは、彼らが東京へやってきたときです。

チェコとモスクワでステージをやるんだよ、と、ミックはいささか得意気に言ったのをおぼえています。

さぞかし大観衆が集まることでしょう。空前《くうぜん》の騒ぎになることうけあいです。

しかし、中村とうようさんの言葉を借りれば、

「どうしてソ連の若者がロックだ、ジャズだと大騒ぎしたりするの？　そんなのおかしいじゃないか」

と、いうことになるのです。

Iさん。

この中村さんの発言は、決して保守《ほしゅ》的な立場からのものではありません。むし

ろその反対なのです。

いまロシアには、新しい現実が生まれようとしている。そんな時代に、どうして市場主義経済の落とし子のようなロック・ビジネスなんかを大騒ぎして迎える必要があるのか、と、中村さんは言っているのです。

ロシアには新しいロシアの音楽が生まれていいじゃないか、それこそきみたちの歌なんだ、と。

その発言は、そのまま日本人の私たちにむけられたものだと思います。

私たちは明治以来、ずっと西欧の音楽や歌を追いかけつづけて今日までできました。いまでも日本列島は、外来《がいらい》音楽のるつぼです。はきだめ、と言ってもいいかもしれません。

ロシア民謡も、そのひとつと考えていいでしょう。ただ、少しちがうのは、私たちが商業的にではなくロシアの歌を愛していたことです。

ロック・ビジネス、という言葉はいかにも現代的です。ジャズも、すでにビジネス化されています。しかし、ロシア民謡とか、スペイン歌曲とか、ポルトガルのファドとか、朝鮮の民謡だとかいった歌は、どう見てもビジネスとしてひとり歩きはできていません。

そんなたぐいの歌を、この平成の世にうたいつづけるためには、なにかしらひとつの愛のようなもの、志《こころざし》のようなもの、そんなものが必要なのではないでしょうか。

ロシア民謡は、すでに時代から遠くはなれてしまったような感じがある。ロシアにおいてすらそうです。しかし、私をふくめて、ロシアの歌につよく惹《ひ》きつけられる人間はたしかにいるのです。

それは日ロ友好などとは関係がありません。エキゾチシズムともちがいます。

そこに流れている放浪《ほうろう》の民の、なんともいえない情感に心を惹かれるのです。

そこにはかつてはジプシーと蔑視《べっし》的に呼ばれ、いまではシンティ・ロムとして新しい歴史をつくりつつある非定住《ひていじゅう》少数民族をはじめ、じつに多くの文化と人種のからみあいが感じられます。

ハチャトゥリアンの有名な〈剣《つるぎ》の舞《まい》〉はクルド族の戦いの歌からきたものだといいます。

いわゆるロシア民謡も、じつは数多くの共和国に発して、さまざまな運命のもとに形をなしてきたものが多いのです。

こんなことを専門家のあなたに書くのは失礼かもしれませんね。

しかし、私はこんどのCDを聴きながら、瞼《まぶた》の裏を走馬灯《そうまとう》のように走りすぎるイメージを見たような気がしました。

ロシア語では、新作の歌謡のことを〈リリーチェスカヤ・ペースニャ〉といいますね。訳すれば〈抒情歌《じょじょうか》〉とでもいうのでしょうか。

戦後、私たちはロシア民謡という名のもとに、新旧さまざまなロシア歌謡を口ずさんできました。

正確には各共和国の歌謡とロシア民謡とは、区別して考えたほうがいいのでしようね。

スターリンは、ソ連の各共和国のアイデンティティを、ホモ・ソヴィエトークスとでもいうべき新ソ連邦人のなかに消化し去ろうと試みました。

いまのロシア共和国さえ、その民族衣裳《いしょう》を禁止されていたくらいです。カザフ人や、アルメニア人や、グルジア人や、タタール人や、リトアニア人などは必要なかったのです。ソ連人こそが、スターリンのめざした国民のイメージでした。

しかし、いま、結果はその反対になっています。

それぞれの共和国、それぞれの民族が、それぞれの歌を胸を張ってうたえるようになったのです。

皮肉なことに、そうなったとき共和国の若い世代は、ソ連人でもなく、共和国人でもなく、世界人をめざしてロシア民謡に顔をそむけることになったのです。

でもIさん。

私は信じています。
ロシアの歌には、ロシアの生命が宿《やど》っているのです。
ロシア人とは、うたう民《たみ》なのです。
こんな歌の文句をおぼえていますか？

〜イギリス人は利口だから
　水や　火など使う
ロシア人は　歌をうたい
　みずからなぐさめる

あなたからのＣＤを聴きながら、私は新しいロシアがどんな歌を持つのだろうかと、心がわくわくするのを感じたのでした。

金沢　極楽《ごくらく》とんぼのころ

Jくん。

しばらく顔を合わせる機会がありませんね。きみが旅先の金沢からくれた絵葉書が、昨日とどきました。

兼六園《けんろくえん》の雪吊《ゆきづ》りの写真は、いかにも月並《つきな》みな絵柄ですが、それでもいくばくかの情緒があって、暖房のききすぎた仕事部屋にふっと北陸の冷気が吹きすぎるような感じがしました。

旅先からの便りは、やはり絵葉書がいちばんいいようです。送りたいのはメッセージではなくて、そのご当地の空気なのですから。

兼六園といえば、ぼくにもいろんな思い出があります。ご存じのように、ぼくはまだ作家として自立する以前、金沢にしばらく住んでいました。それほどながい年月ではありませんでしたが、いまでもぼくにとっては忘れがたい土地です。

金沢で暮らしていたころは、よく兼六園を歩きました。と、いっても、風流《ふうりゅう》な散策《さんさく》というわけではありません。観光のために金沢へやってくる人々とはちがって、地元の住人にとっては公園も生活の一部だったのです。

ぼくが住んでいたのは、小立野《こだつの》という場所です。市内に半島のように突きだしている台地のはながい兼六園だとすると、小立野はさしずめ台地の幹《みき》にあたる部分でしょうか。

天徳院《てんとくいん》だの、如来寺《にょらいじ》だのといった寺があったり、金沢大学の医学部や、赤煉瓦《れんが》の塀《へい》が威容《いよう》をほこる刑務所などもあって、なかなかおもしろい一画でした。

ぼくは当時、その小立野の刑務所裏のアパートに住んでいました。台所の窓をあけると、医王山《いおうぜん》という山がすぐ正面に見えます。冬には雪にいろどられた山肌《やまはだ》が、びっくりするくらいに近く迫って眺《なが》められます。

そのアパートで暮らしていたころのことを思い出すと、ふっと自分が二十歳の学生に後もどりするような錯覚《さっかく》をおぼえずにはいられません。

ぼくは毎日、本当に優雅《ゆうが》な日々を送っていたと言うべきでしょう。東京の専門誌に連載のコラムを書き送るのと、ラジオやレコードの作詞をするのがぼくのすべての仕事でした。

収入はもちろん知れたものです。きみがいま勤めている広告代理店の給料の半分、いや四分の一ぐらいだったかもしれません。いまを去る二十数年もむかしのことですからね。

それでも、当時のぼくにはその収入は充分なものでした。なにしろ、ほとんど余分な小遣《こづか》いというものを必要としない生活だったのです。

正午ちかくに目を覚まして、トーストとミルク・ティーで朝食。それから高台の刑務所の塀にそって食後の散歩。

台地のはなからは、目の下はるかに浅野川《あさのがわ》上流の流れが見おろせます。遠くに中部の連山が波のようにつづき、風はシベリアからの冷気を運んで吹きすぎます。

午後には下駄《げた》ばきで、香林坊《こうりんぼう》へ出ます。香林坊というのは、金沢でいちばんの繁華街《はんかがい》ですが、ぼくのお目当ては書店めぐりと、喫茶店でした。

いまはもうなくなった市電の線路ぞいに小立野の通りを歩きます。旧金沢二中の木造の校舎の前をすぎて、国立病院の古風《こふう》な塀を右手に直進すると、兼六園の南の入口につきあたる。そこで道路は左右にわかれます。右へ線路ぞいにくだれば尻垂坂《しりたれざか》。左へ旧兵器庫と成巽閣《せいそんかく》のあいだを抜ければ広坂《ひろさか》。どちらも兼六園を迂《う》回《かい》するコースです。

ぼくにかぎらず、道を急ぐ金沢の住民は、だれもそのふたつの坂を降りてゆこうとはしません。下校する女学生も、買物に急ぐ主婦も、みなストレートに兼六園の中を通りぬけるのです。左右に迂回するより、園内をつき抜けて歩いたほうが多少でも効果的、かつ快適であることを知っているからです。ことに早朝や、夜間はそうでした。観光客の姿も消えた兼六園の園内は、打って変わったように静まり返っています。たしかそのころは、兼六園はだれにでも無料で開放されていたはずです。

最近では、いろんな名所や庭園に、見学時間の制限のあるところがふえてきました。しかもほとんどが有料です。味気ないですね。

考えてみると、むかしは本当にのんびりしたものでした。ぼくはあの天下の名園をふだんの通路として使っていたのですから。

兼六園を抜けて、旧制第四高等学校の赤煉瓦の建物の前をすぎると、もう香林坊。

北斗《ほくと》書房、北国《ほっこく》書林《しょりん》、宇都宮《うつのみや》書店、などなどおなじみの本屋さんを順ぐりに回って、竪町《たてまち》の古本屋にたどりつく。帰りには〈郭公《かっこう》〉だの、〈蜂《はち》の巣〉だのといった喫茶店でコーヒー・ブレイク、というのがワン・セットになったぼくの行程でした。〈蜂の巣〉では、ジョーン・バエズのレコードをかけてもらいます。ヴィラ・ローボスの〈ブラジル風バッハのアリア〉というのが、おきまりのリクエストでした。

夕方になると、再び兼六園を一気通貫《いっきつうかん》して小立野のアパートへ。

百円玉ひとつかふたつ、ポケットに放りこんで、それで大名《だいみょう》気分の金沢散歩というわけです。

Jくん。

きみがくれた絵葉書のおかげで、きのうは締切直前の短編小説の原稿がおくれてしまいました。ちょうど鬼のような顔で鉛筆を走らせていたときにとどいた一枚の金沢からの絵葉書が、むかしの過ぎ去った日々をまざまざと思いおこさせてくれたからです。

でも、ぼくはうれしかった。過去をふり返る余裕《よゆう》すらない生活なんて、人間の暮らしとはいえませんからね。この次はぼくのほうから旅の絵葉書を送ります。

期待しないで待っていてください。

M.

ロシアの春はまだ遠く

Kさん。

先日はお疲れさまでした。

転換期《てんかんき》の混乱のまっただなかのロシアへ、それも二泊三日のサンクトペテルブルクへの旅だっただけに、さぞかし大変だったことでしょう。

ごいっしょしたぼくのほうも、じつのところ、かなりばてました。帰国後、一週間ほどは仕事が手につかなかったほどです。

しかし、短い旅でしたが、なかなか愉快なロシア体験でしたね。あなたが大変よろこんでいらしたことを、人づてにうかがって、ぼくもほっとしているところです。

と、いうのも、あのときいっしょに旅をした人たちのなかに、なんともひどい旅行だったと会う人ごとにこぼしてらっしゃるかたがおられると聞いたからです。同じ飛行機に乗り、同じホテルに泊まって、同じ食事をしても、やはり人さまざまですね。興味の持ちかたしだいで、同じ旅の印象ががらっと変わることがあるのは、しかたのないことでしょう。

ぼくが残念に思ったのは、先入観をもって旅先のアラさがしに専念するような外国人ジャーナリストも、ごくまれにではありますが、いたことでした。

「ほら、ごらんなさい。あの人たち、貧しい服を着てますねえ。あのアパートの汚いこと。それになんて汚れた車なんでしょう」

などと、ことあるごとに鬼の首でもとったように、見聞《みき》きするすべてのマイナス面を大声でうれしそうに叫びまくるアメリカ人記者の横で黙ってすわっているのは、とても我慢のいることでした。

ぼくが以前、二月にサンクトペテルブルクをおとずれたときは、街全体に白い雪が残っていて、それはなんともいえず風情《ふぜい》がありました。そのあとが先日の四月末の旅です。同じ街でもこうも印象がちがうものかと、びっくりするほど荒涼《こうりょう》と見えました。ロシアの春はおそいのです。雪どけの泥道を、汚れたバスが走り、建物もひどく薄汚れて、ほこりっぽい。

これは北国に住んだかたなら、だれでもご承知のことでしょう。北国の春、などと言葉はロマンチックですが、雪どけの市街地はじつに厄介《やっかい》なものです。

先月、杜《もり》の都《みやこ》、仙台へ行ってきたのですが、スパイクタイヤが禁止されてから幾分《いくぶん》は路面もきれいになってきたとはいえ、街路樹が芽《め》ぶく前の市街地は、やはり荒涼とした感じでした。札幌《さっぽろ》でも、弘前《ひろさき》でもそうです。車がまきおこすほこりでビルは汚れ、路面は荒れています。そして、やがておそい春がおとずれてくると、突然、街は緑一色に鮮《あざ》やかによみがえるのです。

サンクトペテルブルクの雪は四月中旬にとけます。そして、五月一日から十日くらいのあいだに、圧倒的な緑が芽ぶくのです。その短い春は劇的に街の印象を変えます。

ほんの数日で、公園も、街路樹も、爆発したように青々と輝くのです。

残念ながら、ぼくたち一行がこんどサンクトペテルブルクをおとずれたのは、その、ほんの一時期のもっとも淋《さび》しい荒涼たる一週間だったのでした。

五月一日には、たぶん、街じゅうがうっすらとグリーンにかすんだはずでした。「芽が出る日だからメーデーです」なんて、ガイドさんが冗談を言っていましたね。

ですから、「旧都《きゅうと》は荒れ果《は》て、新都《しんと》いまだ成《な》らず」という、すこぶる残念な時期だったのですが、それでもぼくはとてもいい旅行ができたとよろこんでいるのです。

Kさん、あなたは古い建築物の典雅《てんが》さがあの街に残っていることに、とても感激しておられましたね。それに旧市街に高層ビルが建っていないことにも。

それから、最近ではずいぶん資本主義化して商売ずれした人も多いロシア人たちのなかに、いぜんとして素朴で善良《ぜんりょう》な心の持ち主がたくさん残っていることにも。

二日間お世話になったガイドさんに、別れ際にほんの少しの心付《こころづ》けを渡そうとすると、彼女はどうしてもそれを受けとろうとしなかった、と、ぼくに話してくれた同行者がいました。

「私は規定の料金を払ってもらっていますから、そんなお金はいただけません。お気持ちだけうれしく頂戴《ちょうだい》しておきます」

と、彼女はたどたどしい日本語で手をふって辞退《じたい》したのだそうです。

「お気持ちだけ、なんて日本語を、あの人どこでおぼえたんでしょうね」

と、その人は感心して言っていました。

それと似た経験は、ぼくにもありました。ホテルの部屋で、朝、ベッドの枕《まくら》の下に一ドル札をはさんでおいたのです。いまはロシアでもドルは公認されていますから、一ドルのチップは大変役に立ちます。一ドルが現在のロシアではかなり値うちがあることは当然です。しかし、現実にはそれほどびっくりする値段でもありません。市内で白タクに乗ると、三ドルから五ドルくらい必要です。

そんなわけで、少し多いかな、とも思いながら、さんざん散らかした部屋の掃除とベッド・メイクのお礼に一ドルおいたのでした。

夕方、部屋にもどってきますと、部屋もベッドも整然《せいぜん》と片づいています。アイロンのきいたまっ白なシーツとふかふかのタオル、柔らかなトイレット・ペーパー、ティッシュもちゃんとおいてあります。そして、枕もとに一枚のメモが残されていました。そこには一行、〈スパシーボ！〉と鉛筆で書かれていたのです。ロシア語の〈ありがとう〉です。チップに対して、こんなふうにお礼を言う人たちが、この国にはまだたくさんいるんだな、と、複雑な、それでいてあたたかい気持ちにさせられたものでした。いい旅でしたね。

大原三千院腹立ち日記

Lさん。

連休は京都で過ごしたそうですね。

うらやましい。

最愛のQちゃんとふたりで、旅館のこたつに向きあって夜の庭を眺《なが》めながら、ミカンを食べたんですって?

若い世代にしては、クラシックな休日を送ったものじゃありませんか。ぼくの察するところ、あなたたちふたりは、外人観光客が京都をおとずれるような感覚で、OH! ジャパネスク! なんてやってたんじゃないのかな。

いずれにせよ、秋の京都はいいですね。ぼくも先週の一日、仕事をかねて京都をあちこち歩きまわりました。某誌に、〈私のおすすめの京都散歩〉という記事を書くことになって、担当編集者とカメラマンとの三人で出かけたのです。

「いまの季節なら大原ですね」

と、若い編集者。

「大原といえば三千院」

と、カメラマン。

「それじゃあんまり月並《つきな》みじゃないの」

と、ぼく。

「月並みが大事なんです。それに……」

と、編集者は自信たっぷりな表情で、

「大原三千院といえば観光のメッカですからね。週末、休日はおろか、ふつうの日でも付近一帯《ふきんいったい》は信じられないほど見物客が集まってきます。車と車が押しあいへしあい、人と人がぶつかりあい、騒音と雑踏《ざっとう》の巷《ちまた》となるのが常です。そんな三千院なんぞ真平《まっぴら》ごめんですが、じつはこの一時期だけ京都が観光の空白地帯になるんですよ。一年中で、ほんとに静かな三千院は、いまこのときをおいてほかにはないんです。人気《ひとけ》のない院内に落葉がカサコソと風に舞って、ヤマトズワリの御仏《みほとけ》の膝《ひざ》にそっと手をふれてもだれもとがめたりはしない。そんな現実ばなれのした三千院を、五木さんはご覧《らん》になりたいとは思われませんか」

「うーん」

そこまで言われれば心が動きます。たしかに彼女の説にも一理はある。これまで三千院には五、六回行っていますが、いつも団体客のにぎやかさに閉口しなかったことはありませんでした。一度なんぞ、バイクをつらねてのツーリング族が、全員革ジャンにゴーグルを抱《かか》えてゾロゾロやってきたのに驚かされたことがあります。バイクが嫌いなんじゃありません。彼らのあたりはばからぬ大声にうんざりし、Vサインで記念写真をとるだけの見物ぶりに味気《あじけ》ない思いをしただけです。

つぎからつぎへと押しよせる客に、茶店の店員さんたちもふくれっ面でヒステリックな応対ぶり。　日中あれでは、さぞかし疲れるにちがいありません。

「いまだと、そんなに静かなの？」

「ええ。旅行は絶対シーズンオフにかぎります。いま大原に行くのが旅の達人というものです」

「じゃあ、三千院へ行こう」

と、いうわけで、大原へ。

たしかに道路はすいていました。駐車場もガラガラ。残りの紅葉が秋空に映えて、空気も粒だったように爽《さわ》やかです。

しかし、三千院界隈《かいわい》は予想したよりはるかに混《こ》んでいました。みたらし団子《だんご》の店の前には行列もできています。

「なにが静まり返った大原の里、だ。なにが人気《ひとけ》のない三千院の庭、だ。えらく混んでるじゃないか」

と、ぼくは編集者に当たり散らしました。

「最近はね、果物でも野菜でも、シュンもなければオフシーズンもないんですよ。一年中イチゴが出てくる時代ですからね。京都の観光名所が混んでない時期なんて、あるわけがないじゃないの」

「変だなあ、先輩からシーズンオフの大原はしんと静まり返っていると教えられたのになあ」

「まあ、いいでしょう。あきらめて拝観《はいかん》しようじゃないですか」

ビニール袋に靴を入れて院内に足を踏《ふ》み入れる。と、まっ先に目につくのが、ポスターや、貼《は》り紙のたぐいです。どぎつい字で、お説教がましい教訓《きょうくん》や、戒律《かいりつ》の説明などが、これでもかこれでもかと暴力的に目にとびこんでくるのには参りました。

京都の観光寺院といわれているいくつかの寺が、信仰のよりどころだなどと、だれひとり思ってはいないでしょう。あれは観光事業なのです。地元の人も、おとずれる人も、心の底では皆そう思っています。

そんな立場もわきまえずに、おとずれる人々に教訓をたれる尊大さ。そして、そのポスターや、貼り紙に書かれた文字の、あざとさ、押しつけがましさ。

三千院の魅力《みりょく》について、ぼくは素直に脱帽《だつぼう》します。人混みのなかで拝見しても、あの古い木造建築の美しさとデザイン感覚のすばらしさは、世界に類を見ません。ヤマトズワリの御仏の、やや前かがみの姿の気高《けだか》さも圧倒的です。周囲の自然と溶けあった人工の美は日本人の美的感覚のきわみです。

そんな美しい環境のなかに、べたべた貼られたポスターや貼り紙の文字の汚らしさは、あれはいったいなんたることでしょうか。

まして、参詣《さんけい》の客たちに教えをたれようという思いあがった姿勢には、ただ驚くしかありません。〈なになに禁止〉〈なになにを禁ず〉といった文句が宗教的施設にこんなに目立つのは、世界中で日本だけです。先日、おとずれた奈良の寺では、なんと、撮影や、飲食とともに、〈スケッチ禁止〉という立札さえたてられていたのです。居丈高《いたけだか》に禁止、禁止と上から圧《お》しつけるように連呼する姿勢は、決してブッディストのとるべき態度ではないでしょう。

その日、ぼくは古代日本人の感覚に感嘆《かんたん》し、現代日本人の感覚に呆然《ぼうぜん》としながら、大原の里をあとにしたのです。

禁止しなければ大切な古い文化財がそこなわれるぞ、それでいいのか、という声がきこえます。それでいい、と、ぼくは答えたいと思うのです。モノが残って心がそこなわれるのでは、宗教ではありません。心が伝わればモノは消えてもいっこうにさしつかえないのです。ブッダの遺跡が尊《とうと》いのではなく、その教えが永久に生きつづけることがすばらしいのですから。

Lさん、つい坂口安吾《さかぐちあんご》ふうのおしゃべりになってしまいました。こんどはごいっしょに、本当にさむざむとした時期の京都をおとずれることにしましょう。どうぞQちゃんにもよろしくお伝えください。

異国の歌に出会うとき

Mさん。

先日、モスクワからの葉書、どうもありがとう。

時間こそかかっているけど、ちゃんと着いたのはえらい。それでも、やっぱりロシアからの郵便物は能率的じゃありませんね。

昨日、甲斐大策《かいだいさく》さんからの葉書がとどきました。アフガニスタンからの便りです。ペシャワールの硝煙《しょうえん》の匂《にお》いが漂《ただよ》ってくるような葉書でしたが、ロシアからの郵便よりはるかに早くとどいています。

そうそう、あなたもよくご存じのヴィクトルさんが日本へきています。たぶんご存じでしょうね。

サンクトペテルブルクのレストランで、大歌謡曲大会をやった晩のことを、なつかしく語りあいました。あのときあなたは、たしか故郷の民謡である佐渡《さど》おけさを熱唱《ねっしょう》したんでしたね。あれはとてもよかった。ロシアで聴く日本民謡の味は、特別なものがあります。

ぼくはむかし、学生時代にうたったロシアの歌をうたいました。ヴィクトルさんも、よく知っているらしく、えらくなつかしげに口ずさんでいましたね。

それにしても、サンクトペテルブルク大の助教授のヴィクトルさんが、日本の艶歌《えんか》がお得意なのにはびっくりしました。九州弁で言うなら、

「タマギッター!」

と、いうところです。

ヴィクトル先生は、渡哲也《わたりてつや》の歌と、八代亜紀《やしろあき》の歌がお好きらしく、〈くちなしの花〉や、〈舟唄《ふなうた》〉を、すごく気分を出して、しっとりうたっていました。

ああいった歌謡曲の情緒がわかるのは、日本人に特有の湿った感性だけかと思っていたのですが、どうやらそうではないようです。

そうそう、八代亜紀だけでなく、小柳《こやなぎ》ルミ子もファンらしく、奥さんのガリーナさんにからかわれていたのを憶《おぼ》えていますか。

「ルミ子ちゃんが結婚したとき、この人、泣きました」

などと冗談を言われていましたね。

いまはロシアでもほとんどうたわれなくなっている戦争中の歌なども、いくつか出ました。〈青いプラトーク〉だとか、〈ポプラ〉だとか、〈若い水兵の唄〉だとか、いくつか記憶に残っています。

あの時代の歌を、現在のロシア人たちはあまりうたいません。どうしてもスターリン時代の記憶が、そこに影をおとしているからでしょう。

かつて学生たちが、むかしの軍歌を合唱する戦中派のオッさんたちを、うっとうしく感じたようなものでしょう。

しかし、〈青いプラトーク〉にしても、〈ポプラ〉にしても、とてもいい曲で、ぼくは大好きです。そう言うと、ロシアの人たちが、ちょっと困惑《こんわく》したような表情をするのが、おもしろいと言うと偉そうにきこえるかもしれませんけど、興味があります。

〈戦友〉〈暁《あかつき》に祈る〉〈空の神兵〉などという軍歌を愛好する外国人に出会ったら、日本人も複雑な思いをするんでしょうね。

しかし、歌というのは、じつにふしぎなものだとは思いませんか。

俳句や川柳《せんりゅう》もそうでしょうけど、わずかな音階《おんかい》の組み合わせで、あんなに千変《せんぺん》万化《ばんか》のメロディーが誕生するのですから。

明日は松本へ行きます。ジェシー・ノーマンの舞台を聴きにいくのですが、ぼくは以前から彼女の大のファンなのです。

というのも、前に黒人霊歌をうたったあとに、アンコールにこたえて、〈赤とんぼ〉をうたった彼女の歌声に、すっかり参ってしまったからでした。

〈赤とんぼ〉という歌を、ぼくはあまり好きではありませんでした。手垢《てあか》がついた、という言い方は悪いかもしれませんが、あまりにもきまりきった場面で、あの歌がうたわれるのにうんざりしていたのです。

しかし、ジェシー・ノーマンは、そのマンネリ化した日本の歌を、じつにみごとによみがえらせて聴かせてくれました。日本人の郷愁に訴えるという月並《つきな》みなうたい方ではなく、ひとつの新しい歌曲として、すばらしく魅力《みりょく》的に聴かせてくれたのです。それは日本の歌というより、ジェシーの歌になっていました。

〈歌に国境はないんだな〉

と、そのとき感じたものです。

実際には、歌にも国境はあります。民族の壁も存在します。メロディーにはイデオロギーもかかわりあっているのです。

しかし、一面で、歌はそれらの壁を超える力もまた持っている。そのことをジェシーの〈赤とんぼ〉は、ぼくに教えてくれたのでした。

ところで、先日、ひさしぶりで新しい歌を聴きました。ギリシャの大作曲家、ミキス・テオドラキスの〈汽車は八時に発《た》つ〉という歌です。その曲をオペラ歌手として有名な、アグネス・バルツァがCDにしているのを聴き、とても感動しました。これはすばらしい。

こんどお会いしたら、お聴かせします。楽しみにしていてください。

小樽《おたる》の運河に思うこと

Nさん。

このところ寒い日がつづきます。

暖冬《だんとう》異変だなどとたかをくっていたら、たちまち風邪《かぜ》をひいてしまいました。自然というやつは、人間がつけあがる気配を見せると、たちまち手痛《ていた》いしっぺ返しをしてくれるものですね。

さて、小樽からの絵葉書、うれしく拝見しました。お嬢さん三人を引きつれての旅は、さぞかしにぎやかだったことと想像します。さしずめ親ガモが子ガモをあとにしたがえての楽しい行列だったんじゃないでしょうか。

あなたも、すでにむかしの女子学生のようなミセスではないと思うのですが、じつに気が若くて元気でいらっしゃる。葉書の文面にもピチピチした好奇心がはじけそうにみなぎっていて、いつものことながら感心してしまいます。

冬の小樽が、どうやらすっかりお気に召したようですね。小樽ホテルのカフェ・レストランで食事をなさったとか。

あのレストランはいいですね。

じつはぼくも去年の夏、同じ場所でコーヒーを飲みました。むかしの銀行を内部だけ大改造したものだそうですが、なかなか魅力《みりょく》的なインテリアだと思います。きけば札幌の〈ノアの方舟〉など一連のユニークな建築デザインを手がけている人の仕事だとか。

道理でお手軽な観光地ふうのリニューアルに終わっていず、あるスタイルを感じさせるおもしろい建物になっています。

受付のフロントのあたりも、どことなく古風なあたたか味を感じさせますし、ちかごろのヒット作のひとつじゃないでしょうか。

小樽にはなんだかやたらとガラス屋さんが目立ちます。なにしろヴェネチア美術館なる館《やかた》さえあるのですから。

小樽とヴェネチアといったいどういうつながりがあるのだろうと、ちょっとふしぎに思ったりもしたのですが、たぶん運河の街、という共通項で無理にこじつけたのかもしれませんね。また、昔から漁業に使うガラス玉を作っていた歴史も関係があるのでしょうか。

小樽の運河は有名ですが、しかしヴェネチアは街中《まちなか》に自動車をいっさい入れていません。

駅のそばまでタクシーで行くと、あとはボートだけが唯一《ゆいいつ》の交通手段となります。家々の玄関も、勝手口も、すべて運河に面しているわけですから、これはすごい。

私がヴェネチアをおとずれたのは、夏のまっさかりでした。キャサリーン・ヘップバーンの有名な映画、〈旅情〉だとか、ヴィスコンティ監督の〈ベニスに死す〉だとか、アリダ・ヴァリ主演の〈夏の嵐《あらし》〉だとか、学生時代からさんざんヴェネチアのイメージを抱《いだ》きつづけてきたのですから感慨《かんがい》もひとしおでした。

しかし、なんですね、夏のヴェネチアというのは、いろいろと問題が多すぎるような気がするのです。

まず、ホテルが混《こ》んで大変。

それに、べらぼうに高い。

ぼくの泊まったホテルは、窓の下が運河で、ゴンドリエの歌声なども流れてくる風流なロケーションでしたが、河の水がなんともいえずくさいのには太閉口。

下水に問題があるんでしょうね。ことに夏はそうらしいです。

夜中にテラスふうのレストランへ行きました。ランタンの光が運河に映《は》えて、とてもロマンチックな店です。

とつぜん、ブーンというなつかしい音。

蚊《か》です。

これがなかなかにしつっこい。追えども追えども東洋人の血が恋しいのか、ぼくたちの席の周辺をはなれません。

たまりかねて給仕《きゅうじ》にそのことを言うと、破顔一笑《はがんいっしょう》して、ちょっと待て、というジェスチャー。

やがて彼がうやうやしく皿に載せてもってきたのは、なんと渦巻き式の蚊とり線香だったのです。おまけにウチワまでそえてあるではありませんか。

紙包みの文字をたしかめて、どこかにメイド・イン・ジャパンの記載《きさい》がないかとさがすのですが、この蚊とり線香はまぎれもないイタリアのブランドでした。

あれからかなりたちます。ヴェネチアときくと、思い出すのは運河の臭気《しゅうき》と蚊とり線香の匂《にお》いです。

つぎにはぜひ冬に行ってみようと思うのですがどうでしょうか。

話が脱線《だっせん》しました。小樽のヴェネチア美術館のことですが、これも思ったよりはるかに上等のミュージアムです。カフェも洒落《しゃれ》てるし、上のレストランも落ちついた、いい雰囲気《ふんいき》でした。お値段も良心的で、ウエイトレスも初々しく礼儀正しい。お味のほうもなかなかです。

観光地にこんなお店があるのは、日本ではめずらしいことだと思いませんか。かつての小樽のイメージは、海猫《うみねこ》の鳴く淋《さび》しい北の街でした。ニシン御殿や、荒《こう》涼《りょう》たる運河ぞいの倉庫群が、過ぎし日の夢をしのばせる郷愁《きょうしゅう》の港町でした。

しかし、あなたからの絵葉書を眺《なが》めていると、小樽も急速に変わっていきつつあるんだな、と感じます。娘さんたちにとってもきっと楽しい旅だったにちがいありません。

むかしの小樽が好きだ、という人もいることでしょう。しかし、あの運河が掘られ、大工場や倉庫がつぎつぎと建設された当時の小樽は、さしずめ開拓期のアメリカ西部の町に似ていたんじゃないかと思います。

啄木《たくぼく》が、声の荒さよ、と嘆《たん》じたのも、そんな時代の息吹《いぶき》にへきえきしたからにちがいありません。

さらにそのむかしは？

アイヌの人々の生活の場であった豊かな土地に新しい勢力が進出して、自然環境がたちまち一変していった様子を想像すると、どの時代をさして、むかしはよかった、と言うのか、わからなくなってきます。ぼくたちには郷愁をそそる風景である運河も、倉庫も、当時はエネルギーにあふれた暴力的な開発風景だったかもしれないのです。

こんどごいっしょに小樽へ出かけてみたいですね。ガイドブックに出ていないポイントをみつけて、こっそり楽しむのも旅のよろこびのひとつです。

まだまだ寒さはつづきそうです。どうぞお体お大事に。子ガモの皆さんにもよろしく。

カゼと共に生きる

Oさん、風邪《かぜ》はなおりましたか?
先日、旅の宿で会ったときにゴホンゴホンとせきこんでいたのが気になります。
古くから、
〈風邪は万病《まんびょう》のもと〉
などと言いますね。
あんまり月並《つきな》みな文句なので、いまさらという気がしないでもないんですが、
実際そのとおりですから早くなおしてください。
ぼくは風邪に強いと自負している人間です。

ほかの人たちが冴《さ》えない顔色で、マスクなんかしているときに、わりと平然と快調にすごしています。

風邪のビールスをまき散らして歩いているような重症患者といっしょに旅行していても、あんまりうつったりすることがありません。それはなぜだと思います か。

自慢めくけど、きょうは少し若いあなたに忠告をかねて、風邪とどうつきあうかを教えてさしあげようと思います。

せっかくの旅行を楽しみにしていたのに、不意におとずれてきた風邪でひとりだけ参加できなかったりすると、本当に情けないですね。

また旅先での風邪も困りものです。仲間がドテラなんか着て、うれしそうに野天風呂へ連れだってゆくのをひとり指をくわえて眺《なが》めていなければならないんですから。

いずれにせよ、風邪は厄介《やっかい》です。なんとかそいつとうまくつきあうコツを身につけておかねば一生の損、ということになりかねない。

ぼくは、

〈風邪とつきあう〉

という言いかたをしました。

〈風邪を克服《こくふく》する〉

でもなし、

〈風邪をやっつける〉

でもありません。

〈風邪を予防する〉

という表現も、あまりぴったりこないように思います。

人間はこの世に生まれてこのかた、死んだあとで土に帰るときにさえも、いろんな厄介なビールスや微生物連中《びせいぶつれんじゅう》とつきあっていかなければならないのです。

たとえばガンにしてもそう。

人間は突然ガンにみまわれるのではないと聞きました。

ガンの種子は、うんと早く子供のころから人間の体にすみついているのだそうです。

虫歯にしてもそうですね。どこからか虫歯のビールスが飛んできて、それに感染して虫歯になるわけじゃありません。

毎日毎日の暮らしのなかで、人間の口中にすみついて生きている微生物が、ときには旺盛《おうせい》に、ときにはひっそりと、目に見えない活動をつづけているだけなのです。

水虫にしたってそうです。

人間の足の指にすみついた水虫の種子は、完全に殺してしまうわけにはいきません。できることは、その元気を奪って、活動をおさえこむことだけだと思います。

人間は体のなかに、無数の微生物を養《やしな》っている。いや、おたがいに共存している、といったほうがいいでしょう。そしてそれがなくなれば人間の生命も活動を停止してしまう。問題は、それらが異常に活動したり、強すぎる殖《ふ》えかたをしたりすることにあるわけで、もともと彼らを人間の敵と考えるべきではないんじゃないでしょうか。

それらの目に見えない生物といかにつきあうか、いかに共存しつつ生きていくか、それが、ぼくの考える健康法です。

ヨーロッパの宗教は、神と悪魔という対立の構図のなかで、悪を神の威光《いこう》で打ち倒し、亡ぼすという考えかたが土台になっています。

したがって、ヨーロッパの医学もまた、人間をむしばむ悪い生物を敵として駆除し、殺すことに主眼《しゅがん》がおかれているようです。

しかし、アジアの宗教、たとえばアニミズムや、神道《しんとう》や、仏教などは、いずれも現実受容《じゅよう》的な傾向があり、それらと共存する姿勢が特徴だとはいえないでしょうか。

〈泥中《でいちゅう》の蓮《はちす》〉

などという表現にも、それは表れていると思います。

話が回り道をしました。ぼくが言いたいのは、こういうことです。

風邪を敵視《てきし》したり恐れたりしてはいけない。むしろ、それを排除するよりも、風邪のビールスに反乱をおこさせないよう飼いならすか、それと仲よくして、彼らがぼくらの体にわるさをしないようにうまくつきあってゆくほうがいい、ということですね。

たとえば抵抗力を日ごろからつけておくこと。バランスのとれた栄養。たっぷりした休養と運動。皮膚をきたえ、体の代謝作用を高めておくこと。要するに耳にタコができるほどいつもきかされていることが大事なんです。

それがきちんとしていると、風邪をひいたボーイフレンドとキスをしても、意外にうつったりしないものです。

それから、体の無言の訴《うった》えに、いつも耳をすませること。

風邪をひきそうだ、というときは、体がそれをいろんな声で伝えてくれます。その信号を受けとったら、すぐ、対処《たいしょ》しなければなりません。

ぼくは栄養と安静と集中力が、その段階で有効だと思います。何もかも放り出して、あたたかいベッドにもぐりこむ。世間の義理も、欲望も、すべて忘れてひたすら一昼夜寝る覚悟が必要です。体を動かさず、あたたかくして、ひたすらじっと冬眠にはいるのです。

ショウガ湯みたいなものがあると、なおいいですね。先日、ちょっと風邪をひきかけたな、と思ったときに、北陸の宿の女将《おかみ》から妙薬《みょうやく》をもらいました。ガラスびんに大根を切りきざんでつめ、その上に米から作ったアメをのせて二、三時間おくのです。するとびっくりするほど金色の甘い液体がびんのなかにたまります。それを少しずつ飲みながら、ひたすら死んだまねをしているうちに、いつのまにか風邪はひっこんでしまいました。

ぼくは人間は常にガンをかかえて生きていると思っています。そして常に風邪

M.

をひいている存在だと考えます。消化器にはストレスや生活のリズムの乱れに応じて、常に内臓のニキビともいうべき潰瘍《かいよう》や傷ができていると覚悟しています。口のなかには虫歯のバイキンが、皮膚や爪《つめ》には水虫の仲間が、そして体内のありとあらゆる場所に、千変万化《せんぺんばんか》の微生物や物質がぼくらと共存しているのだときめています。

Oさん。

風邪と無理な喧嘩《けんか》はしないように。

むしろ、風邪をなだめて、おとなしくするようにうまくつきあってゆくコツをおぼえてください。風邪をひかないように一年間すごすこと、これだけでも人間の知恵や思想や歴史とかかわりあう大事業なのですから。

では、お大事に。

貧しき人の豊かな国

Pさん。

冬の京都はいかがですか。今年の正月は、ぼくも京都ですごしました。地球がどうかなったんじゃないかと不安になるくらいの暖かさで、コートもいらない毎日でした。

京都といえば、夏はむし暑く、冬は底冷えのする寒さが名物です。いつだったかいっしょに祇園《ぎおん》のお茶屋で先輩たちと飲んだことがありましたね。あの会のあと、きみとふたりで近所のコーヒー店へ回って、ちょっとした相談をしたことをおぼえていますか。あれはたしかなにかの研究団体に資金が不足して、その金をどうしようかという話だったと思います。

ある新興《しんこう》のメーカーから出してもらおうじゃないか、というきみに対して、ぼくはあまり納得《なっとく》のいかない顔をしていたはずです。やはり会員がそれぞれ応分の負担をすべきではないか、と考えたのでした。

すると、きみは破顔一笑《はがんいっしょう》して、こんなふうに言ったのです。根っからの京都人であるきみの口調《くちょう》はうまく再現できませんが、つまりこういう意味の言葉でした。

「きたない金をきれいに使うのが、芸術家じゃないですか」

ぼくはきみの明快な定義に、一本とられたような気がしたことをおぼえています。そのときの話は、結局うやむやになってしまったのですが、あの晩、コーヒー店の店内がやけに寒かったことを、いまさらのように思い出しました。

「京都の店はどこも寒いね」

と、ぼくはからかうように言ったはずです。

「デパートも、映画館も、レストランも、役所も、みんな暖房を充分にきかせてないのは、京都流の倹約《けんやく》精神のあらわれかな」

「たしかに――」

と、きみはうなずいて言いました。

「東京にくらべると、京都は暖房も冷房も、ほどほどにしかきかせないところがあるね。でも、それはケチだからじゃないぜ」

わかってる、と、ぼくは応じて、さめたコーヒーに皿の上の角砂糖を一個おとしました。

「コーヒーに角砂糖をふたつそえて持ってくるのも、べつに京都人がケチだからだとは思わないよ」

ぼくは作家生活をはじめたあと、前後あわせて六年あまり京都に住んでいたことがあります。そのころきみはヨーロッパの大学に交換《こうかん》講師として出かけていました。きみがパリからぼくの京都のアパート宛《あて》にくれた葉書の文面は、はっきりおぼえています。

パリの暮らしかたには、ひとつの様式がある、と、きみは書いていました。〈その様式は、京都の人々の暮らしかたと同じだ。ぼくはパリにきて、京都で生まれ育った人間であることを感謝せずにはいられなかった〉と。

他人に迷惑をかけない、年齢性別にかかわらず一個の独立人としてふるまう、金銭関係ははっきりさせる、他人にべたべた甘えない、言葉のニュアンスを大切にする、などなど、いろんな面でパリの人々は京都人に似ている、というのがいまでもきみの持論ですね。

ぼくは先日、中国に短い旅をしました。北京《ペキン》の街だけに滞在して、あちこち歩きまわったのですが、その感想は、中国はヨーロッパと地つづきだ、ということでした。

同文同種《どうぶんどうしゅ》の国、などと中国のことを日本人は言います。古来、ほとんどの文化は中国・半島を経てこの島国へ伝えられてきたからでしょう。

しかし、ぼくが中国で感じたのは、中国は日本とは本質的に異なる文化の国だ、ということでした。中国はヨーロッパと共通の世界だ。いや、ヨーロッパが中国と同質だといったほうが正確かもしれません。

ひとつの例をあげますと、民衆が国家というものによりかかっていない。国家というものは、ひとつの運営システムであって、民衆の生活は別に存在している、そういう感覚があるのです。

きみは去年イタリア旅行のあとで、雑誌に短いエッセイを書いていましたね。イタリアの国家財政《ざいせい》や、大企業の現状とは裏腹《うらはら》に、イタリアの民衆は豊かで、街には活気があふれていると。

それにくらべてぼくらの国はいったいどうなっているんだろう、と、きみは嘆《なげ》いていました。ある英字新聞の見出しを思い出します。

〈A rich country of poor people〉

貧しき人々の豊かな国、とは、現代の日本を指す痛烈《つうれつ》な表現です。国家というものは、明治以来の日本人にとって、自分の血族のようなもの、血肉と化し、みずからと一体になったふるさとのようなものでした。国家は単なるシステムではなく、生きた実体であったのです。国体、という言葉はじつによくその感覚を表現しています。だから、国が貧しいときは日本国民は常に貧しく、イタリア人のように国が赤字でも民衆は黒字ということがない。それどころか、国が富《と》めば富むほど一般大衆は貧しくなってゆくというふしぎなことになるのです。

北京はパリに似ている、とぼくは思います。そこには国家によりかからないで生きてゆける市民の感覚があります。そして、Pさん、日本のなかで、唯一《ゆいいつ》、古くから中国的な文化が根づいたのが京都でした。

ぼくは以前、京都のことを〈日本のなかの異国〉と書いたことがありました。京都はこの島国のなかで、希有《けう》な大陸的感性が生きている街です。そこに生まれ育ったきみが、パリ市民の生活に自然にとけこんでゆくことができたのは、理の当然でしょう。

ぼくはこれからも、もっともっと京都に関心をもちたいと思っています。そのうち再び京都にワラジをぬがせてもらうことになるかもしれません。その折は、またよろしく。

いっしょに角砂糖のそえられたコーヒーでも飲みながら、大いにしゃべろってではありませんか。

人はみな泥棒《どろぼう》か？

Qさん、こんにちは。

イタリアの旅行はどうでしたか。

ちょうどあなたと相《あい》前後して、ぼくはベルリンからイギリスへ旅をしてきました。そして三日もたたないうちにまたローマへ出発するというあわただしさです。

こんどのイタリアは有名な事件の多い国ですから大いに気をつけなければならないことでしょう。

事件、といったもってまわった言いかたをしましたが、それは置き引きや、スリや、かっぱらいや、路上での強奪《ごうだつ》や、さまざまな事故です。旅先でのそういった事故ほど不愉快なものはありません。はたで見ているとなんだか滑稽《こっけい》なような気がする災難でも、当事者にとってみますと旅のあいだじゅう、消えないシミのようなものが心にくっついて、本当にいい思い出を持ち帰ることができないからです。

じつは、こんどの旅でぼくはとんでもない大失敗をやらかしてしまいました。ベルリンで携帯《けいたい》用のバッグをみごとに盗まれてしまったのです。これまで海外旅行数十年のキャリアのうちでこんな経験ははじめてでした。

どちらかといえばあまり安全でない場所をうろつきまわることが得意で、小説家という職業柄、危険な目にもしばしばあってきました。しかし、そんななかで身をまもる術《すべ》だけは心得ているつもりでいました。たぶん心のなかでそのことを自負している部分があったのでしょう。その傲慢《ごうまん》さがあだとなってこんどのベルリンではみごとにしてやられたのです。

事件のいきさつをかいつまんで説明しますと、ベルリンに二日間滞在し、ロンドンへ向けて出発する直前の朝のことです。ホテルをチェック・アウトする前にレストランで軽く朝食をとるつもりでした。ふだんならどんなことがあっても身につけているはずのパスポートと航空券を、そのときだけバッグに入れていたのです。

最近のホテルではほとんどがバイキング式朝食です。たまたま窓ぎわの席に仲間のひとりがすわっていました。ぼくはその席のむかい側に腰をおろしました。背中は壁になっていて周囲と切り離されています。ちょうど袋小路《ふくろこうじ》になっているので、ほかの人がそばを通ったりすることはありません。自分の席のすぐ横のコーナーにバッグを置くと、ぼくは朝食のメニューを選びに席をたちました。

皿を抱えてもどってきたときには、バッグはたしかにあったのです。そして、ふとむこうを見ると、いかにもおいしそうな目玉焼きが何人かのお客さんを集めていました。ぼくは目玉焼きをつくっているコーナーへ行き、ベーコンと目玉焼きを注文しました。焼きあがるまでのほんの二、三分のことだったと思います。

香ばしい匂《にお》いのする皿を抱えてテーブルへもどってきたとき、バッグが影も形もないことに気づきました。

友人は食後のコーヒーを飲んでいます。信じられないできごとでした。隣のテーブルに三人組の客がいたのですが、その姿は見えません。どういうやりかたで友人の注意をそらし、ぼくのバッグを持ち去ったかはわかりませんが、おそらく周到《しゅうとう》な計画があったのでしょう。

最悪なのはそのバッグのなかにパスポートと航空券がはいっていたことでした。ぼくはイギリスへ出発する仲間たちを見送りながら、ひとりでそのホテルに残ることになってしまったのです。

領事館へ行ってパスポート再発行の手つづきをし、いくつかの航空会社をまわって新たな飛行機の予約を入れ、身のまわりの品物をととのえる。ドイツの警察に被害届を出すのもはじめてのことでした。

たしかにショックはショックでしたが、作家というものはそういうときにも職業的な取材意識を働かせるもので、こんな体験はめったにできるものではないのだから、しっかり調べておこう、といった気持ちになれたことが救いでした。

しかし、ぼくがほとんど暗い気持ちにならずにすんだのは、もっとさまざまな事故を知っていたせいかもしれません。

これはあくまで小説家の空想ですが、こんなことは考えられないでしょうか。

かつて東西冷戦のさなかで職業的な情報工作員として活躍していたスパイたちは、東西両陣営ともベルリンの壁の消失で失業しました。食うに困ったかつてのスパイたちは、それまでのプロとしての能力を生かして窃盗《せっとう》や、麻薬取引や、キャバレーの用心棒《ようじんぼう》や、彼らとしては屈辱《くつじょく》的な仕事にたずさわることになったのです。

あのベルリンの壁をも自由に通り抜けていた彼らのプロとしての手腕をもってすれば、東洋からきた旅行者のバッグを盗むぐらい朝めし前の仕事でしょう。

あくまで仮定の物語ですが、見知らぬ男が自分のバッグを持ち去ろうとしている現場を発見したとします。たぶんぼくは大声をあげてそのバッグを取り返そうと相手を追いかけるでしょう。ふり返った男が突然、拳銃をこちらにむけるとか、そういうことは充分ありうることなのです。アメリカでは五ドルや十ドルでピストルをむけられたりもします。

さて、こんなことを書いたのも、じつは別のことをあなたに質問したかったからでした。外国を旅行するときに、気持ちを引きしめ、用心ぶかくふるまうのは大事なことです。

しかし、ときおり旅の案内書に書かれているように、「人を見たら泥棒と思え」というような気持ちで旅行して、いったい、なにか得るものがあるのでしょうか。隣のテーブルからにっこり笑って話しかけてくる相手に対し、ハリネズミのようにこちこちになって顔をそむけるだけでは、おそらく愉快な旅の思い出などひとつもできないに決まっています。

Qさん、あなたはどちらを選ばれますか。旅の事故でいやな思い出だけを残して帰ってくるのもつらいことですし、といって、安全に旅行できたというだけりでは、それもまた意味がないような気がするのです。

ぼくはあなたに答えを求めようと思っているわけではありません。答えはわかっているのです。真実は常にその両者のきわどい境目のところにあります。「人を見たら泥棒と思え」という教訓《きょうくん》と、「人間みな家族」という思想とはどちらも真実なのです。その両方のバランスのとれたところで私たちは旅をしていくのですから。

旅は新しい経験のための行為なのです。命にさえ別状なければ人間はどんなふうにしてでも生きていけるものなのだ、ということをもしも災難のなかからつかむことができたとしたら、それはそれでまたひとつのすばらしい旅なのではないでしょうか。

さて、こんどのイタリア旅行でどんな事件が待ち構えているか、それをどう切り抜けるか、そしてどんないい思い出を持って帰ることができるか、楽しみながらいま飛行機の搭乗《とうじょう》を待っているところです。では、行ってきます。

フリーになった友へ

Rさん。

放送局をやめてフリーになられたそうですね。大阪の友人からききました。

やりかけた仕事を残して職場をはなれるのは、やはり或《あ》る決断が必要だったのではないでしょうか。

でも、正直なところ、そのしらせを耳にして、ほっとしたのも事実です。なんといっても放送の仕事は激務《げきむ》です。競争を宿命づけられているメディアの世界では、マイペースでのんびりと丹念な仕事をこつこつやるというわけにはいきません。

もともと学究肌《がっきゅうはだ》の読書家だったあなたが、そんな生き馬の目をぬくような世界で働いておられることを、ぼくはじつのところ、はらはらするような気持ちで眺《なが》めていたのです。

もちろん、あなたは有能な放送マンでした。ジャーナリストとしても、終始、中道《ちゅうどう》を歩む姿勢をくずさずに生き抜いてこられたことを知っています。

ニュースという火急《かきゅう》の番組のなかに、古代のロマンをさりげなく挿入《そうにゅう》したり、歴史の暗部に埋もれた事実を粘りづよく発掘したりする仕事は、あなたの独壇場《どくだんじょう》でした。ふだんの読書量や、史料収集の能力や、在野《ざいや》の研究家たちとのながい交友関係などが、すべて職場の仕事のなかに反映していたことを、身近な人間はみな知っています。

はやくご自身の著書を出版されてはいかがですか、と、周囲から熱心にすすめられていたこともきいています。

でも、Rさんは放送の仕事のなかに、自分の勉強のすべてを注ぎこんで少しも惜しいとは思っておられなかった。そのことを、ぼくはすばらしいことだと思います。

Rさん、これからは思う存分、旅をしてください。日本という島は、せまいようでじつに広いのです。旅といっても、Rさんらしい旅のしかたがいくらでもあるにちがいありません。

これまで仕事でなさってきた旅行とは、まったくちがう目で周囲をご覧《らん》になることができるのはいいですね。

さて、ぼくは相変わらずあわただしく走りまわっています。一応、もの書きとして自由な旅をしているつもりですが、考えてみますとそれも仕事のうちかもしれません。

つい先日、与論島《よろんとう》へ行ってきました。

与論島という名前は知っていても、実際にはどの辺にあるのか、じつに適当な知識しかもちあわせていませんでした。

那覇《なは》空港を飛びたったターボプロップ機が九州の方角へ北上しはじめたとき、同行した仲間とともにふしぎそうな顔をしたことを苦笑しながら思いだします。

なんだか与論島は沖縄よりさらに南の島でもあるかのように錯覚《さっかく》していたのでした。のちに島の人たちと話をしていて、沖縄が本土に返還されるまでは日本国の最南端の島だったことをはじめて知ったほど無知だったのです。

与論島は、日本列島に残された最後のパラダイスだと思います。これほど美しい海をもつ島を、ぼくは知りません。世界のどの島よりも、与論島はきれいな海にかこまれているんじゃないでしょうか。

前におとずれたタヒチの海には、フランス海軍の駆逐艦《くちくかん》の重油の泡が浮いていたものです。ギリシャのロードス島の海も、水の透明度では与論の海とくらべものになりません。

「なぜこんなに澄んでるんだろう」

と、ぼくが呆《あき》れ顔でつぶやくと、そばにいた若者が、なんでもない口調で言いました。

「この島には川というものがありませんからね」

「えっ、川がないんですか？」

「そうです。与論島にはまったく川というものがないんです。したがって排水や汚水や生活用水が海へ流れこむということがありません。それもこの海がきれいな理由のひとつだと思いますよ」

その説明をきいていた中年の島の人が、つづけて加えました。

「海中にプランクトンとか、そういう微生物が少ないことも透明度の高い理由のひとつじゃないのかな」

ぼくらの会話を笑いながらさえぎったのは、ひとりの初老の婦人でした。彼女は言いました。

「でも、本当は島の人たちが、海をきれいなままにしておきたいと思ってることがいちばんの理由じゃないかしら」

与論もしだいに開発が進んでいます。リゾート・ホテルもありますし、シーズンにはディスコも店開きするそうです。しかし、それでもいまは島に交通信号がたったひとつしかないというすばらしい島なのです。

「そのひとつの信号も、本当はいらんのだけど――」

と、中年の男性が言います。

「でも、この島から進学や就職で都会へ出ていった若いもんが、信号機を知らんかったら具合が悪《わる》かろうということでつけとるんですよ」

たぶん島の人の冗談だろうと思います。でも、実際にまるで交通信号のない道路を歩いたり走ったりするのは、なんと気分のいいことでしょう。

Rさん。

以前、マウイ島はフレンドシップの島として有名でした。道端にトランクをおいて次の日にもどってきても、ちゃんとそこにあったそうです。

ぼくが行ったころも、信号はラハイナの街の中心部にひとつきりでした。フェ

ラーリや、ポルシェが走りまわっている島にもかかわらずです。

いまはどうだか知りません。きっとリゾートとしての大規模な開発が進んで、むかしの牧歌的なおもかげは失われてきているのではないでしょうか。

ぼくは与論島がむかしのままであってほしい、と願っているのではありません。開発の波はさけることができないのです。あえてそれをすることは、島を人工的な実験室にしてしまうことになりかねません。

どんな土地でも生きて、時代とともに動いているのです。だから、開発の進めかたこそもっとも問題にしなければならないでしょう。

与論の海は美しい。でも、いちばん美しいのは与論の人たちの笑顔です。おっとりと無骨《ぶこつ》でいながらフレンドシップにみちた人々がたくさん残っているのです。

Rさん。

フリーになられておめでとうございます。これからの旅のメニューのなかに、ぜひ与論島を加えてください。なんならいっしょに出かけましょうか。

美しい橋の上で

Sくん。

年下のきみに、くん、と呼びかけるのは、やはり気になります。ぼくはどんな大先輩にでも、また中学生のような年少の相手にでも、いつも同じように、さん、づけで呼ぶようにつとめてきたからです。

故・羽仁《はに》五郎さんや、故・加藤唐九郎《とうくろう》さんのような偉い人に対しても、羽仁さん、加藤さん、でとおしてきました。故・林達夫《はやしたつお》さんとお話しするときも、そうでした。

もっとも、例外はあります。学校の教師をなさっているかたには、先生、でちっとも不自然ではありません。それと、かかりつけのお医者さんですね。人間というのは勝手なもので、自分の健康を守ってくれる相手に対しては、つい低姿勢になってしまうものらしい。初期のガンでも発見されて、それをみごとに取りのぞいてもらったりしたときには、大大先生と呼ばずにはいられない気持ちになってもふしぎではありません。

しかし、目上のかたに対して、さん、づけで接することは、じつはそれほどむずかしいことではないのです。厄介《やっかい》なのは、自分よりはるかに若い相手に呼びかける場合です。

Sくん。

ぼくは以前、高校生だったきみから、一冊の本に署名をもとめられたことがありました。

あれはたしか福岡市でのサイン会の席でだったとおぼえています。きみは〈ソフィアの秋〉という文庫本をさしだして、

「文庫ですみません。ちょっと予算が足りなかったもんですから」

と、申し訳なさそうに口ごもって頭をさげたのです。そして、ぼくがきみのフルネームをため書きして、その下に〈様〉という字を書こうと筆を動かしたとき、あっ、と小さな声をあげました。

「様、でなくて、君、と書いてほしかとですが」

と、きみは九州弁の語尾を残して言いました。

「様、より、君、のほうがうれしかとです」

ぼくはさっそく、きみの言うとおりに書きあらためました。たしかにそうだな、と、思ったからです。自分で一方的にきめたルールは、ときとして人間の自然な感情の動きにそぐわないことがあるらしい。ぼくはそれから、うんと年下の読者にサインをするときには、

「様、と、君、と、どちらにしますか」

と、たずねる習慣がついてしまいました。

そういうわけで、この手紙は、Sくん、という呼びかけで書き出します。これは永年のよき読者であるきみへの、素直な親愛の情と受けとってください。現在、すでに大学四年生で、就職も決まっているきみには、そろそろ、さん、づけのほうがしっくりくるのかもしれませんが――。

さて、先日いただいたきみの手紙のなかに、こんど中国へ旅してこられた五木さんの率直《そっちょく》な感想はいかがでしたか？　という一節がありましたね。

じつはまだ帰国したばかりで、頭のなかはいろんな印象が五目チャーハンのように入りまじっていて、整理がつきません。しかも、予定していた大連《だいれん》行きが天候の都合で不可能になったため、北京《ペキン》だけに五日間という限られた旅になってしまったのです。これでは中国という巨象の、ほんの耳かしっぽの一部をちらとのぞき見したようなものでしょう。中国についての感想など、とてもお伝えできる立場ではありません。

しかし、それでもぼくはいま、北京へ行って本当によかった、と、しみじみ思っているところです。柳宗悦《やなぎむねよし》の残した〈見《み》て知《し》りそ　知《し》りて　な見《み》そ〉という言葉の重さを、こんどほど痛感したことはありませんでした。中国というのは、やはり驚くべき国です。よくも悪くも、それはぼくらの想像力の限界をこえた未知の世界です。成田の国際空港からわずか数時間とぶだけで、これほど驚異と違和感にみちた国へ行けるということ自体が、ぼくにはショックでした。

北京でぼくはふたつの場所をおとずれました。そこへはぜひ行ってみようと、出発前からひそかにきめていたのです。

ひとつは北京の郊外にある盧溝橋《ろこうきょう》という橋です。そして、もう一カ所は、市内にあるという魯迅《ろじん》の旧居《きゅうきょ》です。

Sくん。

きみは、盧溝橋という橋の名前を聞いたことがありますか？　ひょっとすると歴史の教科書で目にしたことがあるかもしれませんね。ぼくの仕事を手伝ってくれている若い二十代のスタッフは、だれもその橋のことを知りませんでした。無理もありません。ぼくのように一九三〇年代に生まれた人間でさえも、ぼんやりとしか記憶のなかに残っていない名前ですから。

しかし、中国をはじめておとずれるときは、かならずそこへ行ってみよう、と、ぼくは勝手に決めていたのです。それはやはり戦争の時代に幼年期をすごした世代の後遺症のようなものだと思います。

盧溝橋というのは、その橋のある宛平県《えんぺいけん》という場所で、あの中国と日本の全面戦争の火ぶたが切って落とされたことで有名な橋です。それは、いわゆる〈盧溝橋事件〉として世界を駆けめぐった大ニュースでしたし、だからこそぼくらも子供心にその名前をきざみこんだのでした。

北京市内から車で一時間たらずの盧溝橋は、ぼくの抱《いだ》いていたイメージとはちがって、なんとも優雅《ゆうが》な、美しい橋でした。そこで歴史をゆるがす戦争が勃発《ぼっぱつ》したことなど、一瞬、忘れてしまいそうなくらい、美術的に完璧《かんぺき》な建造物だったのです。

ぼくは冬の渇水期《かっすいき》のため水の流れていない永定河《えいていが》のほとりからその橋の姿を遠望して、思わず立ちすくんでしまいました。頬《ほお》を切りつけるような風の冷たさも忘れ、ながいあいだその優美な姿に見とれてしまったのです。

マルコ・ポーロが、〈東方見聞録《とうほうけんぶんろく》〉のなかで、この橋のことを、〈この河には非常に美しい石の橋がかかっている。まったく、世にもみごとな、他にくらべるものもない美しさである〉と、書いているのは有名な話ですが、彼がこの橋を眺《なが》めたのは、十三世紀のころ、橋が完成して百年あまり後のことです。彼はまた、盧溝橋のことを〈世界にふたつとない最高の橋〉ともたたえたそうです。

ぼくは戦争の記憶を求めて盧溝橋をおとずれ、その橋のあまりの美しさに呆然《ぼうぜん》としてしまいました。そしてそのようなみごとな橋のあたりで戦争の火ぶたが切られたことに、口では言えない複雑な感慨をおぼえたのです。そのことについては、いつかくわしくお話しする機会があるでしょう。魯迅についても、もっと書きたいのですが、いずれまた。

一度読む本は三度読む

Tさん。

ひさしぶりにまた手紙を書きます。

お元気ですか。

ちかごろどうも元気がないみたいだと、かなり心配されていた老犬ロボくんの体調はいかがですか。

動物は人間の友。

犬も、猫も、小鳥も、孤独な人間にとっては大事な友達です。もっとも動物のほうにしてみると、勝手にそんな扱いをされて内心迷惑に感じているかもしれませんね。

なんといっても、ルネサンス以来の人間中心主義の思想が、急激に色あせてきつつある現代です。こっち側の思いこみだけでベタベタ友情をしめされるのは、他の生物にとってかならずしもうれしいこととはかぎらないでしょう。

ペットたちにしても、しかたなく人間とつきあってくれているんじゃないかと、最近ふと考えたりするようになりました。

ところで、このところじつにあちらこちらと旅する日々がつづいています。はじめておとずれる土地も、ひさしぶりに足を踏み入れる町も、どれもそれぞれにおもしろく、新鮮に感じられてなりません。

ひとつは年齢《とし》のせいかもしれませんね。

三十代に一度行った場所に、五十代でまた顔を出してみると、むかしはぜんぜん気づかなかったよさが見えてきたり、まったく正反対の印象をうけたりする。そこがとても興味があります。

本を読むことも、それとどこか似ていると思いませんか。

前に、早い時期に名作を読みすぎた不幸、ということで議論したことがあったでしょう。おぼえていますか?

人間というやつは、かつて一度読んだことのある本を、二度あらためて読み返すことは、なかなかしないものなんです。

読んだ、という事実があるだけにそうなのです。ですから早熟な中学生が名作といわれる小説を何冊も読破してしまうと、大人《おとな》になってからも特別な機会でもなければ、さらにもう一度じっくり読み返したりはしないことが多いんですね。

しかし、小説も土地も人間も、こちらの成熟度や精神的な幅の変化によって、それぞれいろんな顔を見せてくれるものです。

十代にしか感じられないもの。

それはたしかにあります。二十代はともかく、四十代、五十代になってしまうと心が震《ふる》えるような情感やセンチメントを、なかなか味わうことができません。

しかし、失ったぶんだけまた見えてくるものもあるのです。つまり古典をふくめて、すべての作品はいくつもの多様《たよう》な面をもっている、といっていいでしょう。そしてうんと若い時期に出会った作品を、中年期に、さらに老年になってもう一度読み返すことは、とても大事なことなんですね。

白状しますと、ぼくもそんな早熟な中学生のひとりでした。国語の時間に先生の目をぬすんで、ゴーゴリの〈死せる魂〉や、モーパッサンの〈女の一生〉や、ドストエフスキイの〈罪と罰〉を夢中で読んだものです。

そのことを少しも後悔してはいません。しかし、自分は一度それを読んだのだ、という気持ちが、それらのすばらしい名作と再びつきあう機会を少なくしていたことは事実です。

ふり返ってみますと、中学生だったぼくに見えていたのは、ゴーゴリのほんの横顔の一部にすぎませんでした。モーパッサンの文章のなかにちりばめられたエロチシズムなど、まったく気づかずに通りすぎてしまっていました。ドストエフスキイにいたっては、作家の百の顔のひとつかふたつにしか出会っていなかったように思います。

しかし、中学生のころに一度読んだのだ、という記憶は、ながくその本からぼくを遠ざけていたようです。五十代にはいったころ、調べものがあって〈女の一生〉を読んだのですが、驚いたことにそれはぼくが考えていたのとはまったく異なった小説だったのです。

つまり大人の目でモーパッサンが書いた部分を、大人の目で読みとることができるような気がするのです。〈女の一生〉というのは、こんな小説だったのか、と、そのときあらためてびっくりしました。

こういう経験って、だれにもあるはずです。大事なことは、ひとつの作品を何度も読み返すことではないでしょうか。

十代で。そして二十代で。

さらに三十代、四十代でもう一度。

五十歳をすぎればほぼ行きどまりです。そこでもう一度読めば充分でしょう。そのつど、びっくりするような作品の顔が見えてくるはずです。つまり、古典でも現代作品でも、固定された名作なんてないと思うのです。あるのは自分と作品の、そのときそのときの関係です。その揺れ動くなかに作品の価値がある、と思うのです。

ぼくはこのところ、二十年以上前にはじめておとずれた町や土地に、もう一度出かける機会がたびたびありました。

そして、そこでも本を読むのと同じような体験をしたのです。十代におとずれた街は、いまはすでに変わっています。でも、こちらも変わっているのです。そうか、あのときはこんなところは見てなかったんだな、と、しみじみ気づくことが多々ありました。

固定観念のなかの土地のイメージは静止したままです。よくも悪くも動きません。それを破って、新しいイメージを見出《みいだ》すのがかならずしもいいとはかぎらないでしょう。しかし、一期一会《いちごいちえ》の気持ちは大事にしながら、一期三会か五会ぐらいしつこく考えることも、また大事なような気がしてなりません。

明日はまた旅です。ロボ大人《たいじん》によろしく。

M.

クーランガッタかな！

Uくん。

先週わざわざぼくのところへ訪《たず》ねてきてくださったのに、会えなくて残念でした。

きみも九州人だなあ、と、つくづく思ってしまいます。ぼくも福岡の出身なので、よくわかるのです。

人を訪ねるときは、せめて前もって連絡しておけばいいのに、九州から突然やってきて「コンニチハ」では、せっかくの再会も可能性三十パーセント以下になってしまう。

作家というのは、いつも机に向かって原稿を書いているか、それとも寝転がって妄想《もうそう》にふけっているかのどちらかだと考えているんじゃありませんか？

そうでなくとも、ぼくは人一倍旅行好きで、一年の半分は草枕《くさまくら》という暮らしですからね。きみがやってきたとあとできいて、本当に残念でした。会って話したいことも山ほどあったのに。

いずれにせよ、こんど上京する際には、電話かＦＡＸでおたがいのスケジュールを合わせて、うまくドッキングできるように工夫しましょう。

おくれましたが、手土産《てみやげ》の干しうどん、とてもうまかったです。ありがとう。あんな重いものを九州からさげてくるなんて、きみもおもしろい人ですね。

ところで、きみが訪ねてきてくれた当日、ぼくはオーストラリアへ行っていました。

旅行というにはあまりにも駆け足の短い旅でしたが、これはなかなかおもしろかったですよ。

たぶん、こちらの期待度が低かったこともあるでしょうね。〈クロコダイル・ダンディー〉みたいな映画が作られているので、つい、南半球のローカルな国と思いこんでしまっていたのです。

〈見《み》て知《し》りそ　知《し》りて　な見《み》そ〉

という例の柳宗悦《やなぎむねよし》の言葉をモットーとしているわりには、まことにうかつだったと反省しています。

オーストラリアは、おもしろいです。ウィルダネスのほうは、きっとさらにおもしろいんじゃないでしょうか。

ぼくは今回、ブリスベイン、メルボルン、シドニー、と、観光旅行の定食コースをぐるっとまわってきただけでしたが、それでもじつに興味ぶかい国だと思いました。

その三つの街のなかでは、ぼくはブリスベインの住宅地の家並みが大好きです。まるでチェホフの芝居かなんかに出てきそうな、なんともいえず風雅《ふうが》な木造住宅がのきを連ねている光景は、一見にあたいするものだと思います。

クイーンズランド様式とかいう、高床式も興味ぶかいものですが、それより一軒一軒のたたずまいがなんとも風流なのです。こまかなレース模様をベランダや窓や、いろんなところにほどこした感覚は、どこの民族のアイデンティティーなのでしょうか。ぼくにはコーカサスとか、クリミア地方とか、そんな感じがしてふしぎでなりませんでした。シベリアの家に、むかしはああいった様式がよく見られたものです。

どの家も、もう半世紀以上たって、かなりくたびれた気配ですが、そこがまたロマンチックなのです。

ああいう美しい民家だけを写真に撮《と》って、一冊の本を作ってもおもしろそうですね。

メルボルンでは、州立美術館がすばらしかったです。

たまたまオーストフリアの本来の住人であるアボリジニーの美術展が行われて

いました。これは一見にあたいする催《もよお》しです。〈アボリジナル・アート〉と呼ばれている独特の美術は、じつに強烈なオーストラリア先住民のアイデンティティーを感じさせます。

観光ガイドブックにかならずのっているコモ・ハウスや、キャプテン・クックの両親の家、なんてものは、たちまち記憶から吹っとんでしまいそうなほど、それは魅力的《みりょく》です。

そもそもキャプテン・クックなる人物を、「オーストラリア大陸を発見した人」という言い方は、まったくおかしい。彼はたんに、「オーストラリアに最初に上陸したヨーロッパ人」というだけのことで、そもそもアボリジニーの人々は、紀元前何万年もむかしからこの大陸に自分たちの生活圏《けん》をつくりあげていたのです。

建国二百年、という言いかたも、理屈の上ではそうも言えるでしょう。しかし、それはアボリジニーの側からすれば、まさしく亡国《ぼうこく》二百年、とそのままおきかえられるはずです。

ここで正論めいた議論をくりひろげる気はさらさらありませんけど、それでも、建国というのは、武力による侵略でしかありません。歴史というやつは、常にそうなのです。

洋の東西をとわず、建国とは、武力によって成立した弱肉強食《じゃくにくきょうしょく》の結果です。

先日、立花隆《たちばなたかし》さんがテレビのドキュメント番組で、南米の銀山をレポートしていました。

スペイン人が行った南米先住民への圧制は、言葉につくせないほどのものです。しかし、そこからうばわれた金銀によってヨーロッパの近代がサポートされたことを考えるとき、ぼくらはいつのまにか人類の歴史に対してペシミスティックにならざるをえません。

ぼくはいままでも、人間の歴史とはコッケイなものだと思っています。

文明というやつは、権力の集中と富の偏在《へんざい》がもたらす余禄《よろく》であると信じています。ですから文明も文化も、じつはおそろしく罪ぶかいものなのです。

ぼくらが世界の辺地と考えている場所にあこがれるのは、その罪ぶかさからまぬがれている場所へ心惹《ひ》かれるからにほかなりません。

いわゆる文明がおくれているところほど、じつは歴史の罪業《ざいごう》からまぬがれている場所なのですから。

しかし、そんな世界であるにもかかわらず、そこには美しいもの、愛すべきものが存在する。このことが、また不思議なんですね。

罪と背中あわせの美、そんなことを考えさせられたオーストラリアの旅でした。

こんどもう一度おとずれたときは、西海岸のほうにも足をのばしてみたいと思います。

でも、クーランガッタの風景はとてもよかったですよ。ちなみに、クーランガッタという地名は、先住民の言葉で、絶景、という意味だそうです。

では、この次はかならず事前に連絡をください。待っています。

日本一の風の町から

Vさん。

先日、福岡ではいろいろお世話になりました。スタッフ一同、大変よろこんでいたことをお知らせしたく思います。

あわただしい日程で、はじめて福岡をおとずれたNさんや、Sさんたちも、本当はあちこち見物してまわりたかったにちがいありませんが、それでも観光以上に九州人とのふれ合いをうれしく感じていたようです。この次に福岡へ行くときには、充分プランをねって、時間もたっぷりとってうかがいますので、よろしく。

さて、ぼくはこのところ東へ西へと旅をつづけています。今朝、札幌《さっぽろ》から函館《はこだて》へＹＳ11で飛び、さらに車で雨中を走って江差《えさし》へやってきました。

江差は二度目の訪問です。

といっても、じつは一週間前に仕事でやってきて、またすぐにつづいておとずれたのですから、江差に関してはまるでなにもわかりません。

なぜ江差へやってきたのかといいますと、〝風〟です。風に吹かれにやってきたのです。

先日、はじめてこの町へきて、めずらしい話をききました。

「江差は日本一、強い風が吹く」

と、地元の人からきいたのです。

港から海に突き出したかたちで、鴎島《かもめじま》という島があり、そこに吹きつける風は日本一強い、というのですからおもしろい。

台風とか、そんな風ではなくて、なんでも〝タバ風〟とか言うんだそうですが、吹きとばされそうな風が吹くというのです。

日本一というのは、なんでも興味があります。陸別《りくべつ》という町が日本一寒いときいて、すぐに行ってみたことがありました。季節が少しずれていたのが失敗でしたが、なるほど寒いところでした。

江差では、もうひとつ興味ぶかい話をききました。それは、

「江差の夕日は日本一」

と、いう説です。

「いや、日本一の夕日は根釧《こんせん》原野の落日《らくじつ》さ」

と、いう人もいましたが、大半の意見はやはり江差こそ日本一の夕日じゃないか、というところに落ちついたのです。

季節なら六月から九月ごろまで、海のかなたに日が沈んでしまったあと、さらにしばらく空が真っ赤に染まり、海も赤々と燃えるというのです。そして鷗島から町のほうをふり返ると、ゆるやかな斜面にそった町並みが燃えるように赤く映えているんだそうです。

海も、空も、町も、すべてが鮮《あざ》やかな紅の色に染まって、天地がすべて燃え上がるようだ、ときかされればもうたまりません。

あいにくの季節ですが、そのほんのひとかけらでも味わえたら、と思って再び江差へやってきたのでした。

残念ながら札幌に着いた晩から冬の雨が降りだしました。函館では風も出てきて、鉛色《なまりいろ》の雲が低くたれこめています。

午後四時というのに、あたりはすでに夜の感じ。

北欧の暗夜を思い出してしまいました。

江差は荒れた海ぞいに、しんと静まり返っています。

昨夜、札幌ではゲップの出るほど江差追分《えさしおいわけ》を聴きました。

〈全道江差追分大会〉という催《もよお》しが厚生年金会館で行われており、その決勝のステージを聴いたのです。

〽鷗のなく音に
　ふと目をさまし
あれがエゾ地の
　　山かいな

この同じ文句を延々七十数人の地区代表がうたうわけですから、いささか疲れたというのが、正直な感想でした。

ひとりひとりの歌には、個性のちがい、技量の優劣《ゆうれつ》、表現の上下など、さまざまな変化があるにはちがいありませんが、素人の耳にはそれほどの差が感じられない点もあったでしょう。

それにしても、全道一万何千人のなかから決勝にあがってくるというのは、すごいものです。江差追分がこれほどの根の広さをもっているというのは、驚きでした。

しかし、このままでは——、という気もします。会場にご老人の姿がことに目立ったのも当然でしょうが、江差追分が生まれて、それが隆盛《りゅうせい》をきわめていたころは、もっと荒けずりで、もっと俗な歌だったにちがいないと思われます。

古きよきものを保存する、そのことは大切です。しかし、古いものを残すエネルギーの何分の一でもいいから、新しい江差追分を、そしてそれに匹敵《ひってき》する現代の追分をつくりだすことを、つい考えてしまいます。

話がそれました。

今夜は、町のお世話でむかしの江差をよく知っておられるかたがたのお話をうかがう予定です。

本当の日本一、という江差追分の名人の唄《うた》も聴かせていただけるそうです。

明日は待望の鷗島へ行きます。

はたして日本一の風が吹くかどうか、楽しみにしていましょう。

夕日のほうは期待できません。

しかし、ぼくも小説家のはしくれですから、地元の人たちの話をきいているだけで想像がつくのです。

天も地も町も、ムンクの絵のように燃え上がる自然の姿を、頭のなかで描いてみたいと思っています。

では、そのご報告は次回のお便りで。

飛鳥《あすか》のイメージ

Wの皆さん。

ぼくはまたしばらく旅に出ることになりました。この手紙も当分のあいだ、お休みさせてください。

旅から帰って元気をとりもどしたところで、再び〃若き友への手紙〃を書きはじめたいと思います。

思えばこの数年間、じつによく旅をしたものです。それもかつて一度もおとずれたことのない町や、はじめての土地を選んで歩いてきました。

つい先日は、河内飛鳥《かわちあすか》から高野山《こうやさん》へ行ってきたばかりです。

河内飛鳥、ときいて、おや、と思われるかたもなかにはいらっしゃるでしょう。アスカといえばすぐに大和《やまと》の明日香《あすか》のたたずまいを連想しがちですが、じつはアスカと名のつく土地は日本中いたるところにあるのです。

四国にも、東北にもあります。近畿地方だけでも十数カ所といわれます。

アスカ。

飛鳥。

ぼくはこの言葉をきくと、すぐにあのパブロ・カザルスが演奏する〈鳥の歌〉を連想してしまいます。

また、インカの民の嘆《なげ》きをうたった〈コンドルは飛んでゆく〉も思いうかべます。

鳥は空を飛びます。渡り鳥は国境を自由に越えてゆきます。ベルリンの壁が開放される前も、鳥たちは東西を渡っていました。

アスカとは、そんな移動する人々の群れにささげられた言葉ではないでしょうか。

〈落地成根《らくちせいこん》〉

という中国の言葉がありますが、タンポポの種子のように、空を飛んできて、その地に根づく植物もあります。

しかし、鳥はやはり移動・放浪《ほうろう》のイメージが強い。アスカと名のつく土地は、どこかに遠くから来たもの、そしてまた移動してゆくものへの思いがこめられた場所のような気がするのです。

北海道の江差《えさし》へ行ってきました。江差は和人《わじん》の文化が北海道へはいってゆく入口の場所です。その一帯を浜街道と呼び、また、エゾ・アスカと呼んだ人もいます。はるかな列島からやってきた流浪《るろう》の人々の町、そして海を越えてきた北前船《きたまえぶね》の終着駅。

アイヌの人々もまたその地を追われて奥地へと移動してゆきました。アスカのイメージはそこにも重なります。

河内飛鳥は、現在の羽曳野《はびきの》市がその中心部となっています。この一帯は、日本の古墳文化の心臓部でもありました。

はるかにのぞむ二上山《にじょうさん》の雄岳《おだけ》の上には、大津皇子《おおつのみこ》の墓がありますが、その墓所は大和飛鳥に背をむけて、河内飛鳥をのぞむように建てられているのです。

アスカとは、土地の名前ではなく、旅する人々、移動・放浪する人々への呼び名だったのではないでしょうか。

そして、それらのアスカ族が、〈落地成根〉したあと、みずからのアイデンティティーへの思いをこめて、その地にアスカの名を冠《かん》したのかもしれません。

二十一世紀は、ひょっとすると世界中にアスカがひろがる時代かもしれない、などと空想したりします。

人類の歴史はじまって以来の、世界的規模での大移動、人旅行の世紀が近づいています。

国と国との壁を越えて、どれだけの人々が東西を往還《おうかん》するのか。

ポーランドからも、チェコからも、ハンガリーからも、人々は流動します。

メキシコからは国境を越えてぼう大な密入国者がアメリカをめざします。

アフリカでも飢餓《きが》をのがれて、また戦火をのがれて民衆が移動します。キャンプからキャンプへと転々とするパレスチナの難民たちもいます。

中国でも、かつてない民衆の移動・放浪がはじまっているらしい。もし社会主義国が移動・放浪の自由化をはたしたならば、あの広大なロシアもアスカの十字路になることは疑いありません。

日本列島へも、人々は押しよせてくるでしょう。それを拒《こば》める時代ではないのです。

いま、不法に就労《しゅうろう》しているアジア諸国の人々の数は、二十万人といわれていますが、やがてその数は倍加《ばいか》するにちがいありません。

アスカの時代がくる。そう思います。

そんな時代にめぐりあうことができるのは、本当にラッキーだとは思いませんか。

旅行、という行為が、時代の象徴となるかもしれないのです。

大旅行も、ささやかな日帰りの旅も、旅にかわりはありません。

一歩ふみ出せば、それが旅なのですから。

Aさんも、Bさんも、Kくんも、Rさんも、みんな旅が好きな仲間たちです。

旅に出ることは、別れることです。そして再会することでもあります。

一定の場所、きまりきった人間関係、同じ暮らし、そういったものと、ある時間訣別《けつべつ》することで大事なものが見えてくるのです。

孤独になってみて友達のありがたさもわかるのです。日ごろなんとも思っていない住んでいる場所のおもしろさも発見できるのです。

ぼくは旅行をすることで、いつも自分が再生するような気分を味わいます。

いわば旅は、ぼくの人間ドックなのかもしれません。そして、旅に出ているとき、ようやく大都会中心の自分の視覚のゆがみを意識できるのです。

旅は姿勢をシャンとさせる。そう思います。

これからどんな旅をするのか、自分でも楽しみです。帰ってきたら、また皆さんのひとりひとりに手紙を書きたいと思います。

その日まで、ほんのしばらくのあいだ待ってください。みのりのある再会を楽しみに筆をおきます。どうぞこれからも、皆さんがいい旅に出会われますように。

車を愛するということ

Xくん、おめでとう。

車の運転免許、やっととれたんだって？

きみからとどいた葉書の字がおどってるみたいで、おかしかったよ。よほどうれしかったんだろう。文章のほうは、おさえて、おさえて、書いたみたいだけど、字はゴマかせない。まるで両手をあげてバンザイしてるみたいな文字だったな。

まあ、いいでしょう。ライセンス取得、おめでとうと素直にお祝いをのべておきます。

それにしても、ぼくが免許をとったときは、きみみたいに半年ちかくもかかったりはしなかったね。

まあ、昔はいまよりも試験がずっと楽だったのかもしれない。それに、教えかたも、かなり大まかだったし。

きくところでは、ずいぶん金がかかったようじゃないか。バイトで稼《かせ》いだ金を、ぜんぶ教習所につぎこむなんて、なんだか切ない話だなあ。いまは自動車学校のほうも、医療とおなじで、ひとつの産業になってしまっているんだね。

ところで、免許はいいけど、車のほうはどうする気ですか。葉書の最後の部分に、なんだかきみの謎々《なぞなぞ》が隠されているように感じたのは、ぼくの考えすぎだろうか。

きみは、こう書いていたね。

〈五木さんも、そろそろ新しい車に乗り換えられる時期じゃないんですか？　いまのサーブ九〇〇も、もうずいぶんながいあいだ乗られているようですが〉

そのとおり。

サーブ九〇〇は、もう五年以上使っています。でも、安くゆずる気はないからね。はっきり引導《いんどう》をわたしておくよ。

以前は半年おきに車を替えた時代もあったさ。安いマンションに住みながら、五台の車を抱《かか》えて駐車場さがしに苦労してた時期もあった。

きみに使わない車の世話をみてもらってたのも、そのころのことだったね。一日おきにエンジンをかけて、洗車するだけのバイトなんて、オーナーのぼくからみても、うらやましいようなもんだった。

ぼくらが大学生のころには、そんな楽な仕事なんて、どう探《さが》してもみつかりっこなかったんだから。

でも、このところぼくは一台の車をながく使うことに凝《こ》っている。不況の時代を先取りしていたというわけじゃない。車に対する考えかたが少し変わってきたんだ。

そのことを書こう。

先日、ひさしぶりに車の雑誌のインタヴューを受けた。きみも毎月とっている〈NAVI〉という例の雑誌。

ぼくらの世代だと〈カー・グラフィック〉のながい読者が多いが、あの英国紳士ふうの品の良さが若いきみたちには、いささか重く感じられるんだろうな。〈NAVI〉だってけっこう、スノッブな雑誌だけど、やっぱりどこか若い気がする。

こんどの〈NAVI〉は、運転術の特集だという。ぼくにそんな偉そうな話をさせたって説得力がないんじゃないかと思ったんだが、せっかく声をかけてくれたんだから、一に安全、二に安全、という視点で自分の体験をしゃべらせてもらった。

もうその号は出てると思うから、きみも読んだことだろう。ぼくはサシミのツマで、本論は徳大寺《とくだいじ》有恒《ありつね》、黒沢元治《くろさわもとはる》、舘内端《たてうちただし》、と巨匠ご三家の揃《そろ》い踏み、いや、ぼくも参考になりました。この雑誌もモータージャーナリズムの〈現代思想〉から〈すてきな奥さん〉化へと進化しつつあるのだろうか。

それにしても皆さん、ほんとに親切丁寧な指南ぶりで、身につく、よくつく、安くつく駅前留学的大特集。

きみも免許をとった以上、今月号の〈NAVI〉を、いままでみたいに写真と見出しだけザッと眺《なが》めるんじゃなくて、記事をちゃんと読みなさい。なんでも最初が大事なんだ。

ゴルフだってそう言うじゃないか。はじめてクラブの握りかたを教えてもらった人の、グリップのクセは一生なおらないって。

外科医もそうだってね。メスさばきを見ればどこの医大かわかるという話をきいた。

ついでに書いておくけど、ぼくはいまだにワンラウンド一〇〇前後でまわる典型的なヘボ・ゴルファーだが、これまで一度もちゃんとしたレッスンを受けたことがない。

一九五二年以来、一度もレントゲンを撮《と》ったことがないのと、ゴルフのレッスンを受けたことがないのが、ぼくのひそかな誇《ほこ》りなのです。

ただ、本はそれこそ山ほど読んでいる。車の免許をとろうと決心した口から、約半年間は決して教習所へは行かなかった。〈ザ・ヒストリー・オヴ・ホイールズ〉というワッパの歴史から勉強をはじめて、ポスト・モダンの〈クルマ社会論〉まで、ヒツジに食わせるほど、読みに読んだんだよ。

こんな話をすると、きみはきっと笑うだろう。先輩はとことん頭デッカチですねえ、と。

しかし、それは各人《かくじん》の勝手だ。ぼくはそういう人間で、これは生涯《しょうがい》変わらないと思う。義務で読むんじゃなくて、好きで読んでるんだからね。だれにも迷惑《めいわく》はかけてないつもりだ。

そんなわけで、免許をとろうと決心してから、車に関するありとあらゆる本を読みあさった。アンドレ・シトローエンや、ポルシェ博士や、フォードや、カラッチョーラや、いろんな人物たちの伝記も読んだ。いわゆる十五年戦争のあいだに、満州《まんしゅう》で日産の鮎川義介《あゆかわよしすけ》がどのような企業戦略をおしすすめたか、中島飛行機の技術が戦後どう国産車に受けつがれたか、ツポレフ博士がソ連の自動車産業にどんなアドバイスをしたか、などなど、まったくどうでもいいようなことまで知ろうとした。

そんなこと車の運転に関係ないじゃないですか、と、きみは言うだろうか。

しかし、人が自動車を好きになるためには、どんなくだらないことでも知ってるほうがいいんだよ。人はモノを愛するんじゃなくて、モノがつくりだした物語に魅《み》せられるんだからね。

ぼくは恥ずかしながら、いまでもイタリアの某《ぼう》社の靴をはいている。かならずしもはきいいわけじゃないんだが、スターリング・モスがそのメーカーのドライビング・シューズをはいてミッレ・ミリアに出たなんてエピソードを知ると、無理したって同じ系譜の靴をはいてみたくなるもんさ。

そんなわけで、六十歳を過ぎたいまでも、ぼくは車が好きだ。この年になっても車が好きでいられるってことは、とてもありがたいことなんだよ。

なにかに対して、ながく情熱をたもちつづけられるのは、うれしいことなんだ。人に対してもそうだし、モノに対してもそうだ。

ところで、ぼくは前にも書いたように、ぜんぜん進歩しないヘボ・ゴルファーだ。でも、いろんな人たちから馬鹿にされたり、軽蔑《けいべつ》されたりしながらも、ゴルフという遊びを尊敬している。

その理由のひとつは、ぼくがゴルフをはじめる前に、一冊の本の一行の文章に出会ったことにあるような気がするんだよ。

それは、あまりにも有名な古典的ゴルフ入門書、〈モダン・ゴルフ〉という本だ。もうずっと昔に出版された本だが、ベン・ホーガンという偉大な選手が書いた本で、いまでも読まれているらしい。

ベン・ホーガンのその本には、グリップについていろいろ書いてあったが、そのへんはぜんぶ忘れてしまった。

ぼくがうむと唸《うな》ったのは、その説明のなかに、さりげなくこんな一行が書きそえられていたことだ。いまは原文の正確な紹介はできない。ただ、それはこんなふうな表現だったと思う。

〈すぐれたプレイヤーのグリップは常に美しい〉

本当のプロがふともらすひと言が人を感動させるのは、そんな部分なんだよ。それはステアリングのグリップのしかたについても言えると思う。

本当にうまいドライバーの操《あやつ》る車の軌跡《きせき》は常に美しい。ドリフトとか、カウンター・ステアとか、技術のことばっかり言ってちゃだめだと思うね。自動車はモノだが、それをどう扱うかはカルチュアの問題だ。車に関する本を読みなさい、と、ぼくはきみにすすめておこう。自動車の雑誌を定期的に購読しなさい、とも言っておく。

自動車の歴史は、一編のすばらしい物語なんだ。それを知ることで、車への愛も深まってゆく。

車は下駄《げた》がわりの道具にすぎない、という考えかたもある。それはそれでひとつの思想だ。しかし、下駄だってこだわれば興味はつきない。フット・ギアというものは、人間が直立歩行しはじめてから今日まで、ヒトの歴史とともに物語をつくってきた。

下駄だって、ワラジだって、靴だって、こだわればこんなにおもしろいものはないんだよ。日本人はワラジの結びかたにすら、いくとおりもの流儀《りゅうぎ》をつくりだし、それをリファインしてきたんだ。

人間はいつか老《お》いてゆく。そして孤独に生きていくようになる。車との縁も薄くなり、興味もしだいに減《げん》じてゆくだろう。

しかし、自分でハンドルを握らなくなっても、車のことをいろいろ知っていれば想像のなかで楽しめる。

走る車を喫茶店の椅子にすわって、じっと眺めているだけでも豊かな気分になれるんだ。

免許をとったのは結構だ。しかし、それは法的な手つづきにすぎない。なんでも第一歩が大切だ。あたらしい未知の世界へ、感動と歓《よろこ》びをもってはいっていってくれたまえ。

そのことを言いたくて、この手紙を書いている。では、また。

日本雑穀党宣言《ざっこくとう》

Yさん。

先日はトルコ桔梗《ききょう》をたくさん送ってくださって、ありがとうございました。白と紫だけでなく、色が微妙に混じりあったのも加えてあって、とても美しかったです。

「花よりダンゴ」

なんて言いますけど、やはり花のほうが気持ちがふわっと豊かになっていいですね。もちろん、ダンゴも悪くはない。

でも、最近なんだかむかしみたいにダンゴダンゴした感じの、素朴《そぼく》なダンゴがなくなってきたんじゃないですか。

先日も新幹線のなかで、吉備団子《きびだんご》を買ったんですが、イメージとだいぶちがってがっかりしました。あんなに甘いダンゴじゃなくて、もっと質実剛健《しつじつごうけん》なダンゴが食べてみたかったのです。上品なダンゴ、ということ自体が矛盾《むじゅん》してるのかもしれません。

ダンゴとはちがう話ですが、ぼくはじつはトチ餅《もち》が大好きなんです。トチというのは、例の「栃《とち》の木」のトチ。

そう、「栃《とち》ノ海《うみ》」のトチです。あのトチの実をさらして、粉にして、それで作った餅なんですが、これは野趣《やしゅ》があってうまいですよ。

でも、トチはあのシブ味を抜くのが大変なようですね。まじりっけなしのトチ餅というのは、なかなかお目にかかれなくなりました。

以前は山形の月山《がっさん》のほうの朝日村《あさひ》というところから送ってもらっていたんです。森敦《もりあつし》さんの名作で有名な月山ですが、その土地の農協が売り出しているトチ餅を、わざわざ送ってもらっていました。しかし、いつのころからか、石川県の白峰村《しらみね》のトチ餅のほうに変わってしまったのです。

トチ餅だけでなくて、粟餅《あわもち》もいいですね。あの黄色い餅を焼いて、ふうふう吹きながら食べるのは最高です。ヒエの餅も食べたことがあります。

かつて戦争の時代には、コーリャンでつくった餅を配給されたことがあります。あれは、あんまりうまいもんじゃありませんよね。

戦争中のことなんか知りませーん、と、あなたに笑われそうですが、しかし、あのころはあのころで、いまより本当にうまいものがあったような気がするのです。

Yさん。

たしか、あなたは無農薬《むのうやく》農業の消費者組合みたいな組織を手伝ってらっしゃるんでしたね。いまでもその活動はつづいているんですか?

生産者と消費者を直接にむすんで、健康でうまい食料を流通させる、というあなたの努力は、じつに大事なことだと思います。

人間は精神と肉体が共に元気であることが望ましい。そして体は食物によって支えられる。これは自明《じめい》の理でしょう。

〈食《しょく》ハ養生《ようじょう》ニアリ〉

とは、くつがえすことのできない真実ですから。

しかし、Yさん。

あえて言わせていただきますが、あなたはこの列島人の食生活を、ひとつのパターンでお考えになってはいないでしょうか。

例えば主食はコメ、と、頭からきめてかかってはいませんか。

コメは日本人の知恵の結晶です。おそらく二千年来、この国の人々が生んだ文明のなかでもっとも洗練されたものが米作、およびコメを中心とする食生活でしょう。

そのことにはまったく疑う余地はありません。

しかし、メジャーなコメの文明に対して、マイナーな文明もまたあるのです。いや、二千年というのは、私たちの生活史にとっては一時代にすぎないのではないでしょうか。

コメが定着する以前に、私たち日本人はなにを主食としていたか。狩猟《しゅりょう》、とまではいかなかったでしょう。おそらく採集が生活の土台だったにちがいありません。

木の実、そして草の根、貝、などが何千年も日本先住民を支えてきたのです。米作が定着してのちも、それらは日本人の大事な食生活の側面でした。主食としてアワやキビ、マメ、クリやトチの実、ヒエ、ドングリ、イモ、その他いわゆる雑穀と称される世界があったのです。

いまでもなぜか正月のある一定の期間だけモチを食べない人々がいます。モチに代わるものは、サトイモです。

明治、大正、そして昭和のはじめごろまで、

「コメを食うと体がくさる」

と、言い伝えてきた移動民もいました。

コメはうまいし、美しい。私たちの魂のよりどころになっている面もあります。

しかし、コメこそ日本民族の精神と文化を支える唯一《ゆいいつ》のもの、ときめつけてしまう考えかたは、はたしてどうでしょうか。

Yさん。

あなたはそんな心のせまい人じゃないことを、ぼくは知っています。

だからあえて申し上げるのですが、コメはコメとして大切にしたい、と、ぼくは思うのです。

コメに精神的な価値観を背負わせるのは、なんとなくうっとうしい気持ちがあるからです。

コメが日本民族の魂だという。それは認めましょう。

しかし、〝民族〟という言葉は古代日本人を意味することはできません。それは近代にいたって造語された言葉だと本で読んだことがあります。中国はその日本式漢語を逆輸入して使うようになったのだそうです。

民族、という言葉には、ある種のモダニズムがひそんでいる、というのは一見、奇矯《ききょう》な意見のように思われるかもしれません。

しかし、ぼくは血族を意味する表現として民族という言葉を使いたくありません。

コメを日本人の精神的統一の核と考える思想には、どこか絶対主義的国家観のにおいがするようです。

イモでもいいじゃありませんか。

カボチャでも、ドングリでもいい。ヒエやアワを魂の食物と考えたっていいのです。

イモとコメ、アワとコメのあいだに、なにかある種の差別をおしつけようとする立場には反対です。

こんなことを言うのは、かつて第二次世界大戦のさなかに育って、コメを腹一杯食べる機会が少なかった昭和少国民の後遺症かもしれませんね。

当時はイモだって涙が出るような貴重品でした。マメだってそうです。イモのクキや、大豆《だいず》のカス、なんてものを食べて都会の子は生きていた時代があるのです。

ぼくはいまでも麦飯《むぎめし》が好きです。押しムギとかいう、あの偏平《へんぺい》な黒い穀類がまじった飯を、ふとなつかしく思い出すことがあります。

真っ白なコメは、たしかにうまい。それに反対はしません。しかし、もし雑穀とコメのどちらかを選べと迫られるときがあったら、ぼくは迷うことなくイモ、ムギ、マメ、アワ、ヒエ、などのほうを選ぶでしょう。

これは決してムリをしてるわけじゃありません。本気でそう思っているのですから。

さて、そういうわけで、ぼくはあなたにひとつの提案をしようと思います。

Yさん。

いつか、地元の区会議員にでも出ようかしら、と、おっしゃっていらっしゃいましたね。

あまりに地元の自治体のやりかたがひどいので、仲間とそんな話をしてるんです、と言っておられたでしょう。

あれはおもしろい。

ぜひ、次の選挙には立候補なさって、堂々たる区会議員になってください。

政治改革とかなんとか、偉そうなことを言っている国会の先生がたに、なにもできるわけはないのです。

町会議員、区会議員、市会議員、県会議員、そのへんを固めるほうが、代議士なんかになるよりうんとましというもの。

区会議員、いいじゃありませんか。

もし、あなたが出馬されるんでしたら、ぼくはよろこんでお手伝いしますよ。

でも、やはり政党は作らなければなりません。

Yさん。

そこでひとつ、政治的取引をもちかけましょう。

選挙母《ぼ》胎《たい》を、〈日本雑穀党〉としてみませんか。

〈日本雑穀党〉

読んだときの音のひびきが、なんともいえずいい。

〈シンセイ党〉

なんていうのより、はるかにましです。そういえばむかし、〈新生〉とかいうタバコがありましたね。

〈サキガケ〉

というのも笑えますね。ある人は、秋田県のほうの新しいコメの名前と思ったんだそうです。いっそのこと、

〈フタメボレ〉

とかつければ、もっと目立ったでしょうに。
〈シリウス〉
というのも、どうもセンスがよくないですよね。
〈尻臼《しりうす》〉
としか思えません。これも、
〈シリモチ〉
と変えることをすすめたい。
どうです？　ぜひ〈日本雑穀党〉をおやりなさい。マジメな話ですぞ。
さて、Ｙさん。
新聞を見ていますと、またぞろ日本民族単一論とかいう話題が出てきているようです。
単一とか、純一とか、そんなものが、どこがいいんでしょうね。
文化は常に混交《こんこう》からしか生まれてきません。

明治の日本がいきいきしていたのも、西洋の衝撃《しょうげき》が日本と混交したからです。日本を守りつづけてもダメだったでしょう。また、すべて西洋に切りかえても、なにも生まれなかったはずです。

きのう見たＴＶで、ハワイの先住民族のことが扱われていました。ハワイのもともとの住民側からの反省が語られていて、感動的でした。

彼らは言います。

「星条旗《せいじょうき》と、キリスト教とを、あまりに無批判に受け入れすぎたのが悲劇のはじまりだった」

と。

たしかにそうだと思います。

日本人は、和魂洋才《わこんようさい》、などと言いました。実際には、魂のぬけた才など意味がないのですが。

しかし、明治の日本人が偉かったとすれば、日本人であることを捨てずに近代西洋の魂をも学んだことです。

和魂洋魂。和才洋才。

このふたつの対立の緊張感を内部に抱《かか》えたまま、新しい混交のエネルギーをつくりだした、と、思います。

コメ一辺倒ではだめなんじゃないですかね。

コメと、雑穀文化との激しい対立と緊張感こそ日本文化の未来です。

そんな意味で、Yさんにはぜひがんばっていただきたい。

〈日本雑穀党〉

の結党を心からおすすめする次第です。

さて、ぼく自身のことですが、最近、ますますイモ、クリ、カボチャ、マメ、ナッツを好むようになってきました。これプラス根菜《こんさい》類です。レンコンとか、ゴボウとか。

フランス料理だの、イタリア料理だのと騒いでいたのは、もう何十年もむかしのことになりました。これからは雑穀文化の時代です。国際的には雑民文化の時代でしょう。これは宗教についても、音楽についてもそうです。

Yさん。あなたの反論をぜひきかせてください。お待ちしています。

卒業後、どう生きるか

Zさん。

どうやら夏休みも終わって、新学期にはいったようですね。

あなたも来春の卒業と就職をめざして、いろいろ大変だと思います。

ぼくらが大学を終えるころは、本当に就職に苦労したものでした。

もちろん特別に成績のいい学生や、有力なコネのある連中《れんじゅう》は別でしょうけど、大学の文学部あたりの学生だと、とうていまともな企業には受け入れてもらえなかった時代のように記憶しています。

そのころ、まだ景気のよかった映画会社に就職できるのは、一流大学の抜群に成績のいい学生たちにかぎられていました。ですから、いまではあまりぱっとしない映画監督なんていう職業の人たちは、当時のエリート中のエリート学生だったはずです。いまはむかしの物語ですね。

あなたも、もう会社訪問などという行事に参加しているのでしょうか。

先日、ちょっとお会いしたときの口ぶりでは、大企業に勤めるのはいいけれども、大学で専攻した勉強とまったく無縁の仕事をするのは気がすすまないようでしたね。

たしかにそうだと思います。ましてあなたのように、ただ単位をとるためというのでなく、いまの研究に心から興味をおぼえて勉強してきた学生には、それまでの関心と全然関係のない分野で働くのは淋《さび》しい気がするにちがいありません。

Zさん。

あなたの興味が、この数年間、いわゆるウィーン世紀末の芸術文化にむけられていることは、ぼくにもよくわかっています。あなたはちかごろの大学生にしては、めずらしく系統立った思索《しさく》を好むタイプです。

クリムトへの関心からウィーン工房の研究へ、そしてそれに影響をあたえたウィリアム・モリスからラスキンの伝記へと、こつこつ本を読みつづけてきていることも立派だと思っています。

そんなあなたが、たとえばアパレル産業と称される企業や、商社や、広告代理店に就職して、すぐさまこれまでの知識を生かした仕事につくことができるとは、ぼくも思いません。

良識《りょうしき》のある先輩なら、

「しかし、どんな分野で働いても大学で勉強したことは無駄《むだ》にはならないと思うよ。ながい目でみればかならずそれが生かされるときがくるんだから」

と、アドバイスをしてくれるにちがいありません。

たしかにそのとおりだと思います。

大学なんてものは、専門家を育てるところじゃない、という意見もあります。

また専攻した分野とまったく関係のない仕事をしている社会人が大部分であることも事実です。

しかし、Ｚさん。

ぼくはそんな良識派の意見にさからって、あえてあなたに過激な忠告をしてみたいと思うのです。

あなたは若くして自分の興味ある分野に出会った。それは願ってもない幸運です。

それをどこまでも一筋《ひとすじ》に追いかけてゆくという生きかたは、できないものでしょうか。

食べていくだけなら、なんとでもなる世の中じゃありませんか。

流行《はや》りのフリー・アルバイターでも、パートの仕事でも、なんでもやって生活していくことは不可能ではありません。

せめて三十歳まで、安全な就職をあきらめて、自分のやりたい勉強をつづける道はないものでしょうか。

ご両親の考えもあるでしょう。将来の安定も大事です。しかし、あえてぼくはあなたに無責任なアジテーションを送りたい。

やりたいことがあるのなら、それをやることです。二十代ならそれが許《ゆる》される。そして三十歳になったとき、まだそれをつづける気持ちがあれば、あなたは人生の成功者です。たとえ自分の家をもてず、貯金も、定職もなかったとしても。

もっと人生をいいかげんに考えてもいいのです。予定どおりにいく人生なんてありません。なにか見えない大きな手に自分をあずけるような気持ちで、やりたいことをおやりなさい。そのほうが結果的に、うまくいくんじゃないかという感じがするんです。

これは無責任なアドバイスかもしれません。あなたが後悔《こうかい》したとき、ぼくはなにも言えないはずです。しかし、好きなことをして生きた人生が幸せなのです。どんなに計画どおりに生きたとしても、後悔や敗北感のない人生なんて、決してありえません。

シェイクスピアの登場人物のセリフじゃありませんが、「このおろかしい道化《どうけ》芝居の演じられる人生という舞台」に立って、どんな役を演ずるか、人はさまざまです。

キリギリスのように、冬がくるその日まで歌に生き恋に生きたとしても、それはそれで幸福じゃありませんか。

ぼくは自分にできなかったことを、あなたにすすめているのかもしれません。しかし、ぼくの直感では、あなたにはなにかがあります。

いまの関心を十年間持続させることさえできれば、道はおのずと目の前に開かれてくるでしょう。

思い悩んでいる気持ちはわかるのですが、好きなことをなさい。他人のことを気にしないほうがいいのです。あなた自身の人生なのですから。

そして、この世紀末が、それを可能にしている時代だということを忘れずに。

いまの時代に生きる特権を、充分に生かして生きてゆくこと。それが大事なのです。

こんど会うときは、もっと具体的なご相談をしましょう。いまはただ迷わないことです。

では体に気をつけてがんばってください。

網走《あばしり》のホテルの窓から

Zさん。

いま網走のホテルの海の見える部屋でこの便りを書いています。

網走にやってきたのは二度目ですが、なぜかいつもこのホテルで、しかも奇妙なことに同じ六階の部屋なのです。

午後の四時を少しすぎた時刻だというのに、あたりはもう暗く、橋を渡ってゆく自動車はライトをつけています。遠くの海に白い波頭《はとう》が見え、左手の岬《みさき》の上には建物の灯が点々ととともっています。

すぐ下が道路。そしてその先が暗い河。たしか網走川といったと思います。

サイハテ、という歌謡曲の常套句《じょうとうく》が、いかにもぴったりな風景ですが、そこに漂っているのはありきたりの哀愁《あいしゅう》ではありません。

あえて言うなら、〈暗愁《あんしゅう》〉とでも表現したほうが似合いそうな、重い荒涼《こうりょう》たる気配です。

暗愁、とは耳慣れない言葉ですが、きくところによると明治のころにはしばしば使われた語句らしい。

漱石《そうせき》だとか、鷗外《おうがい》だとかいった明治の文豪《ぶんごう》たちの詩のなかにも、けっこう見られる言葉だと教わりました。

この暗愁という語感は、妙に重たい感じがしますね。

哀愁、では甘すぎる。

旅愁《りょしゅう》、というのでもない。

憂愁《ゆうしゅう》、だと格好よすぎる感じ。

ロシア語にトスカというのがありますが、これなどさしずめ暗愁と訳しても間違いはないでしょう。

暗愁とは、ただの愁《うれ》いではない。あえて言うなら、どこからともなくおとずれてくる理由のない暗い気持ちと理解していいかと思います。

これといった具体的な原因のある憂《うれ》いではなく、もっと根源的な、人間存在の不条理《ふじょうり》から生ずる暗澹《あんたん》たる憂鬱《ゆううつ》、とでも言えるでしょうか。

もってまわった書きかたで、あなたのような若い人には、なんのことやらさっぱり理解できないかもしれません。

でも、いまはどうしてもぼくは〈暗愁〉について語りたいのです。人間の感情のなかで、もっとも土台になるこの重く手ごたえのある感覚についてです。

そうです、人はこの暗愁をおぼえるとき、自己の存在に素手《すで》で触れているのです。いや、逆かもしれない。存在が素手でぼくらの魂に触れているのだ、とも考えられます。

先日、来日したソ連の作家が、インタヴューに答えて、こんなふうに述べていたのが印象的でした。

〈作家はすべて悲劇を書くことによって偉大な仕事をするのだ〉

彼はシェイクスピアからトルストイまでをあげて、そのことを語っていました。ある意味で、それは事実かもしれません。ぼくの好きなドストエフスキイも、〈貧しき人々〉〈死の家の記録〉〈罪と罰〉〈カラマーゾフの兄弟〉と、十九世紀ロシアの悲劇の渦《うず》のなかに創作のモチーフを見出《みいだ》しました。ゴーゴリも、チェホフも、ガルシンも、みなそうです。

もちろん、ユーモア文学の傑作《けっさく》も、たくさんあります。冒険小説の名作も、スラプスティクスの快作も、ファルスも、メルヘンもあります。

しかし、悲劇の形をとっていない悲劇をその数に加えるなら、おそらく世界文学の古典的名作の大部分は悲劇のジャンルに属するといってもさしつかえないでしょう。

作家はなぜ悲劇に心を惹《ひ》かれるのか？

ぼくもまたそうです。

こうして静かなホテルの窓からオホーツクの海を眺《なが》めていても、いつのまにか心は暗愁に閉ざされ、暗い海と、夜の街のむこうになにかえたいの知れない不条理なものを感ぜずにはいられません。

〈われわれは泣きながら生まれてきた〉

と、リヤ王の主人公は言います。

生のよろこびを声高らかに告げる歌声ではなく、不安と恐怖の叫びとして赤ん坊は泣きながら生まれてくる。

人は自分の誕生を選択《せんたく》できません。

ベトナムのナパーム弾の焔《ほのお》の下に生まれるか、ニューヨークのダコタ・ハウスの住人として生まれるか、網走の海の見える岬の一軒家《いっけんや》に生まれるか、それはだれも自分で選ぶことができない。

なにものとも知れない力によって、ある時代に、ある人種の一員として、ある夫婦の子としてこの世に送り出される。そこには人間の自由意志も、努力も、誠意も、愛も、まったく作用することがないのです。

そして人間は、その日からある地点への旅をスタートする。目的地は？

それも人間の選択できる場所ではありません。行先はただひとつ、〈死〉という終着駅への片道旅行にセットされているのです。

こうして人間は、あらかじめセットされた範囲内での自分の人生を生きることになる。その時間にも制限があります。平均して現在では八十年から九十年。それが許《ゆる》されたタイム・テーブルです。

人間というのは、なんと不自由なものなのだろう。そして、なんと不公平な存在なのだろう。

だからこそ許された時間を精一杯、輝かしく生きるのだ、と、人は教えます。そこに人間の生の意味があり、勝利があるのだ、と。

しかし、それは刑務所の塀《へい》の中にいる囚人《しゅうじん》が、あたえられた世界で精一杯すばらしい人生を生きようと努力する姿と、どこか似てはいないでしょうか。

どんなにみごとに充実して生きたところで、彼は自由ではない。気の持ちようで自由であると感じても、やはり囚人にはちがいないのですから。

だからどうしようって言うんです？　などと、簡単にきかないでください。だから暗愁に心を侵されているのです。どうしようもなく、ただ暗い夜の海を眺めて、ぼんやりホテルの部屋にいるのです。

淋《さび》しい手紙になりました。いま、ひとつの時代が終わる。新しい時代のはじまりは、かなりの時間が経過してからのことでしょう。

冬きたりなば春遠からじ、というのが、あなたのお得意の文句でしたね。でも、春は遠くなくても、まだまだしばらくは世界の冬がつづくのです。

やってきた場所が、あまりにも暗愁にふさわしい場所だったようです。でも、ぼくはこの街の荒涼とした雰囲気《ふんいき》が好きです。どんな風光明媚《ふうこうめいび》な観光地よりも、この窓からの眺めを愛しています。

明日は車で走ります。一歩、街を出ると網走の自然は、呆《あき》れるほど美しく魅力《みりょく》的です。

また書きます。ぼくの暗愁につきあってくださってありがとう。

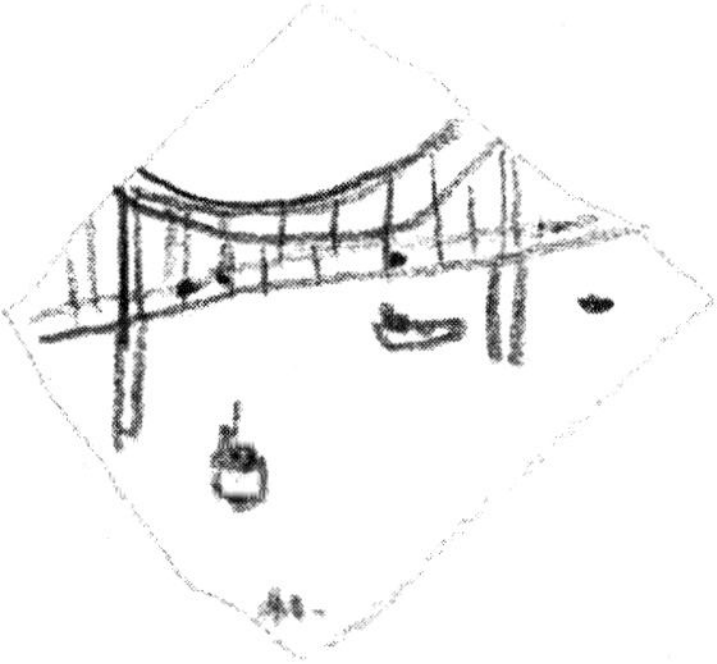

見知らぬ友へ――あとがきにかえて

阪神大震災のニュースをテレビで知ったとき、ぼくはちょうど「中央公論」に連載中だったある作品の執筆に没頭《ぼっとう》していました。

原稿の締切りは、もうとっくに過ぎています。出版社の側でどんな工夫をしてくれても、あと二日間のうちに相当な量の原稿を書きあげなければ雑誌に穴があいてしまう。それにもかかわらず、まだ一枚も原稿はできあがっていない。

そんなときの作家の格好は、たぶん他人がのぞき見したら、ギャッと叫んで立ちすくんでしまうにちがいありません。髪をふり乱し、ひげはのび放題、シャツとトレパンだけで部屋をうろうろ歩き回ったり、大声で叫んだり、自分の頭を殴《なぐ》ったり、鉛筆を鏡に投げつけたりと、まあ、悪鬼かケダモノさながらの姿です。

そんな大ピンチの最中にとびこんできたのが、あのすさまじい大震災のニュースでした。

ぼくはそのとき、すぐに鉛筆をすて、手もとにあるだけの金をポケットに入れて、現地へ行こうと思いました。戦争の被害を体験した後遺症は、そんな場面でじっとしていることができない性格をぼくらの世代に植えつけているのです。

ボランティア、などと気のきいた言葉は、まったく頭にうかびませんでした。とにかくそこへ駆けつけて、なにかを手伝わなくては、と、ただ自然にそう感じただけです。

テレビの画面には燃えつづける町が映っていました。ラジオは刻々と増えてゆく死者の名前を報じつづけています。いてもたってもいられない衝動にかられて、ぼくは急いで着替えをはじめました。

しかし、そのときふと目に映ったのは、白紙のまま机の上に置かれている原稿用紙のます目だったのです。

〈おまえはいま、なにをすることがいちばん大事なのか?〉

と、書かれていない原稿用紙から、無言の問いかけがきこえてきたような錯覚をおぼえたのでした。

〈いま、おまえがなすべきことはなんなのだ?〉

〈このとき、おまえにとって最も苦しく、最も困難な仕事はいったい、どういうことなのか?〉

　そんな声を、ぼくはかすかにきいたような気がしたのです。そしてぼくは、自分がいま、逃げようとしている、と、心のなかで感じました。こういう場面でこそ、おまえはなにかを書くべきなのだ、あの焦土《しょうど》に立ちすくんでいる人々の姿を直視しながら文字を書かなければならない、と、その声はぼくにきびしく問いかけているような気がしたのです。

　結局ぼくは部屋を一歩も出ませんでした。それから七十二時間あまり、ときどき机の上につっぷして仮眠するだけで、なんとか原稿を書き終えることができたのです。そして、精根《せいこん》つき果てたような虚脱感《きょだつかん》のなかで、これでよかったのだろうか、と自問自答していました。

たぶん、それでよかったのだといまでは思っています。しかし、人間として本当に正しかったか、ときかれると口ごもるところがある。でも、ぼくは物事を正しいか、正しくないか、の二つに分ける考えかたには反対なのです。そんなことは、だれにもわからない。わかることはただ、自分が自分の正直な衝動にかられてそうしただけでなく、なにか目に見えぬ大きな力（ぼくはそれを『風』と呼んでいます）につき動かされて、自分がそうした、あるいは、そうしなかった、という実感ではないでしょうか。

こんなふうに書くと、いかにも十九世紀の特権的な作家を気取っているみたいで、あなたたちから見ると滑稽《こっけい》でしょうね。仕事があったから行かなかった。それだけの話じゃないかと。

しかし、それだけでもないのです。ぼくはやはり素直に、なにかをしたかった。助けを求めている人を見て、その声をきいて、じっとしていることが落ち着かなかった。しかし、人にはそれぞれの個性があり、役割があり、とりえというものがあります。看板を描《か》くことを特技とする人は看板を描く、バイクを上手《じょうず》に乗る人はバイクを走らせて働く、料理に自信のある人は食事を手伝う、そのような各人各様の個性を十二分に生かして人々と共に生きることこそ、理想のボランティアの姿でしょう。しかし現実は、なかなかそう思うとおりにはいかない。それも充分わかっての上の言葉です。

ぼくらが学生のころのひそかな志《こころざし》は、

〈それぞれの砲座《ほうざ》から共通の目標を撃《う》て〉

というものでした。いまならもっとソフトに、

〈それぞれのやりかたで人間の共生《きょうせい》を〉

とでも言うのでしょうか。

今度の大震災で、各地から多くのボランティアが現地へ駆けつけました。そして、ずいぶん沢山の若者たちがさまざまな場所で目に見えない地道な活動を続けていることを、ぼくは知っています。それはたしかに心をゆさぶられるできごとでした。しかし、一方では全国のいろんな場所で、じっと自分の場所にとどまりながら自分のやるべきことをやり、無言のまま胸を痛めて生きていた人たちも少なくなかったはずです。ぼくはそんな人々の存在にも、人間の大事な生きかたを感じるのです。人はそれぞれに生きる。それぞれの希望と、それぞれの風に吹かれて。

かつて一九六〇年代によくうたわれたボブ・ディランの〝BLOWIN' IN THE WIND〟を、ちかごろふと口ずさむことがあります。歴史は決して同じようにはくり返さない。だが、時代はちがっても同じ感情はくり返しよみがえってくるのです。

この本におさめられた手紙は、旅の途中で書いたものがほとんどです。電車のシートにすわって、ホテルの喫茶コーナーで、夜行便の機内の明かりの下で、ぼくはAさん、Bくん、Rさん、みなそれぞれに見知らぬ友の顔を思いうかべながら鉛筆を走らせました。

この手紙がはたして、どんな場所でどんな人たちに読まれるのか、いまのぼくのひそかな楽しみはその様子を想像することです。

ぼくがあのとき、苦しみながら書いた『蓮如《れんにょ》――われ深き淵《ふち》より――』も、まもなく本になります。焦土と化した町を、絶望と希望を抱いてさまよう飢《う》えた魂のドラマです。ぜひ読んでみてください。そうすれば、ぼくが最初に書いたことの意味が、きっとわかっていただけるでしょう。

この本を手にとってくれた若き友へ、そしてこの一冊ができあがるまでにさまざまにお世話になったたくさんの仲間たちに、感謝をこめて心からのありがとうを言いたいと思います。

一九九五年　横浜にて

解説——五木寛之を読むとき

森　和佳

五木寛之という作家のエッセイ集を、わたしに読めと手渡してくれたのは、十歳以上も年上の社会人の男友達だった。もう何年も昔のことである。

彼はその本を高校の国語の教師からすすめられて十代のころに読み、それからもずっとくり返し読んできたのだという。

いま活字にはあんまり興味がないから、と尻ごみするわたしに、彼は「ま、ええやん。いつか読むときもあるやろ」と言い、一冊の文庫本をわたしに押しつけた。そして、いきなり音程のはずれた甲高い声で歌いだしたのだ。

あなたに借りたイッキ・ヒロユキ——ようやく読む気になりました——、とかなんとか、よく憶えてないけど、たぶんそんな歌詞だったと思う。

呆《あき》れ顔のわたしに、彼はニヤッと笑って、「大塚博堂《おおつかはくどう》や。知らんやろ」と得意そうに言った。博報堂なら知っているが、大塚博堂なんて聞いたこともない。わたしがそう答えると、彼は肩をすくめて、大塚博堂というシンガーソングライターのことを短く説明してくれた。それは若くして死んだ歌い手で、結構シブいアーティストだったらしい。その人のナンバーのなかに、キミがくれたイッキ・ヒロユキとかいう歌詞があるというのである。

それにしてもわたしには不思議でならなかった。教科書に出てくる小説家は何人もいるが、歌の文句に出てくる作家なんて想像もできない。わたしは彼がくれた本を家に帰ってすぐに読んだ。朝までかかって一晩で読んでしまった。それが

『風に吹かれて』だった。それからわたしは次の日に書店へいき、棚にある五木寛之の本を全財産をはたいて、ひと抱え買い込んできた。たぶん今では、わたしに『風に吹かれて』をくれた先輩の何十倍も五木寛之を読んでいると思う。それにしても、あのときわたしの好奇心を刺激して五木作品と出会わせてくれた大塚博堂に対して、心から感謝をせずにいられない。

五木寛之という作家は、本当に不思議な作家である。わたしが読み出す前も、そしてその後も、彼は本業の小説以外に、じつにいろんな表現の仕事にかかわってきた。そして、そのどれもが見事に五木寛之の世界を形づくっているのだ。

小説はもちろん、エッセイも、日記も、インタヴューも、コラムも、対談も、テレビのドキュメンタリーも、ラジオでの喋りも、すべて五木寛之という個性の鮮やかな表現としてわたしたちの前に現れてくる。

しかし、そんなオールラウンドな作家にも、苦手なものがあるらしい。それは手紙である、とご本人がくり返し語っている。なんでも病気にちかい手紙嫌いで、郷里の父親が長期入院していたときも、あの植草甚一《うえくさじんいち》さんがわざわざ手作りの鉛筆立てをプレゼントしてくれたときも、ついに一通の手紙も書かなかった（書けなかった？）というのだから筋金入りだ。要するにパーソナルな文通というのが徹底的に苦手であるらしい。

そんな五木寛之だが、手紙スタイルでの文章はいくつか書いているからおもしろい。評論家の駒尺喜美《こましゃくよしみ》さんとの往復書簡集と、A、B、C、とアルファベット順に仮空の宛名をつけた『風の旅人への手紙』、そしてこの文庫におさめられた『友よ。』がそれである。

この『友よ。』は、幻冬舎から刊行された『若き友よ。』が改題されたものである。わたしはこの書簡集を読みながら、ときどき急に胸がドキドキしたり、ひどく落ち込んだり、気分が高揚したりするのを感じた。それは仮空の宛名をもった一通一通の手紙が、すべて自分にあてて送られてきたかのような錯覚を覚えてしまったからだった。

たぶん、この『友よ。』を読む人はみな、わたしと同じ気分に誘いこまれるにちがいない。それほどこれらの手紙はアンチームで、率直で、読む側の心にするりと滑りこんできてしまうからである。

わたしはいわゆる知識人という人種からのお説教がとても苦手である。学生のころは大人からの話にも反発することが多かった。今にして思えば、わたしたちのことを本当に思って言ってくれていたのだろうが、その好意はわかっていても、やはりムッとしてしまうのが常だった。毎度、同じ話を聞くたびに「クソッ、うっせいなあ」と心の中でつぶやいていたものだ。わかってはいるが、くどくど言われたくない。尊敬できない大人からのお説教だと、余計にムカつく気分があった。それは今でも変らない。世の中のことすべてにムカツク感覚は残っている。

しかし、この『友よ。』のページをめくっていると、なんだか自分のそんな行き場のない苛立ちがごく自然に、少しずつ砂地に水が吸いこまれてゆくように、すうっと消えていくのを感じるのである。

たぶんそれは、五木寛之が世代に関係なく、すべての人たちに仲間として語りかけてくれているからではあるまいか。

この『友よ。』のなかで、わたしが個人的に心を打たれたものをいくつかあげると、〈ロシアの春はまだ遠く〉、〈人はみな泥棒か?〉、〈大原三千院腹立ち日記〉、などがすぐに浮かんでくる。ほかにもくり返し読んでニヤニヤしたり、シンミリする手紙がたくさんある。この本はわたしの「こころの教科書」であるといっていい。学生時代、ずっと教科書が苦手だったわたしが、よくやく自分だけの人生の教科書に出会えたことが奇跡のように思われてうれしい。『風に吹かれて』から『友よ。』まで、ほんとうに長い旅をしてきたような気がする。そして、この旅はまだまだ続くことだろう。こんどあの先輩に再会したときには、この『友よ。』を手渡してやろうと思っている。

「ま、ええやん。いつか読むこともあるやろ」

と、むかし彼に言われた言葉をそのままくり返して。
でも、大塚博堂の歌は、いまでもまだ聞いたことがない。

——ライター

この作品は一九九五年四月小社より刊行され、一九九八年四月幻冬舎文庫に『友よ。』と改題し、収録されたものです。二〇〇五年九月二版時、『若き友よ』と書名を変更しました。

幻冬舎文庫

●好評既刊
運命の足音
五木寛之

戦後57年、胸に封印してきた悲痛な記憶。生まれた場所と時代、あたえられた「運命」によって背負ってきたものは何か。驚愕の真実から、やがて静かな感動と勇気が心を満たす衝撃の告白的人間論。

●好評既刊
ホテル・アイリス
小川洋子

私の仕える肉体は醜ければ醜いほどいい。乱暴に操られるただの肉の塊となった時、ようやくその奥から純粋な快感がしみ出してくる。芥川賞作家が描く少女と老人の純愛。究極のエロティシズム。

●好評既刊
歓喜の歌
山川健一

性器異常のため絶望と孤独に生きる男。過去を隠すために多重債務に陥った不感症の女。体と心に不安を抱える二人の出逢いが冷酷な現実を目覚めさせる。真実の愛の意味を問いかける傑作小説！

●好評既刊
血と骨(上)(下)
梁石日《ヤン・ソギル》

一九三〇年頃、大阪の蒲鉾工場で働く金俊平はその巨漢と凶暴さで極道からも恐れられていた。実在の父親をモデルにしたひとりの業深き男の激烈な死闘と数奇な運命を描いた山本周五郎賞受賞作！

●好評既刊
燃えつきるまで
唯川　恵

三十一歳の怜子は、五年付き合い結婚も考えていた耕一郎から突然別れを告げられる。怜子は絶望し、仕事も手に付かず、精神的にも混乱していく……。全ての女性が深く共感できる、傑作失恋小説。

若《わか》き友《とも》よ

五木《いつき》寛之《ひろゆき》

平成10年4月25日　初版発行
平成17年9月30日　2版発行

発行者――見城徹
発行所――株式会社幻冬舎
〒151-0051東京都渋谷区千駄ヶ谷4-9-7
電話　03(5411)6222(営業)
　　　03(5411)6211(編集)
振替00120-8-767643
印刷・製本―中央精版印刷株式会社
装丁者――高橋雅之

幻冬舎文庫

ISBN4-344-40695-8　C0195　い-5-3